포레스트 웨일 공동 작가

첫눈이 모여
추억이 되었다

꿈꾸는 쟁이 | 지은지 | 이재성 | 김원민 | 김채림(수풀) | 이은혜
조현민 | 시눈 | 광현 | 유서미 | 아루하 | 하진용(글쟁) | 숨이톡
사랑별 | 윤나영 | starlit w | 나문수 | 김유민 | 이상현 | 정오
한스 | 안정 | 윈터 | 문병열 | 박주원 | 삼육오이사 | 구달 | 안세진
김휘온 | 노기연 | 나라 | 최이서 | 일랑일랑 | 새벽(Dawn)
미소 | 윤현정 | 최영준 | 유선희 | 설화, 雪花 | 한민진 | 고태호
여운yeoun | 루다연 | 김준 | 이지아 | 박주은

FOREST
WHALE

차례

첫눈

오랜 바람이 첫눈처럼 내리기를

아주 오래전이지만, 아직도 생생하다. 그녀와 처음
만났던 그날의 설레였던 마음,
내겐 첫눈 같았던 그녀와의 추억은 아주 오래 기다
렸던 선물 같았던
그 하루가 이제는 아득하다.

그녀와의 시간 그 하루는 왜 그리 짧은 걸까요...

짧디짧은 시간이라도 좋으니
나의 오랜 바람이 첫눈처럼 내리기를...
내리는 첫눈이 그녀에게 닿을 수 있는 나의 마음이
기를...

어느 새하얀 눈꽃

어느 날 새하얀 꽃처럼
내리는 첫눈

조용히 내리는 눈이
소복이 쌓이면

지나가는 길마다
예쁘게 눈사람이
만들어지니라

첫눈이 내리면
첫사랑이 떠올리니

마음이 따뜻함이
모여 사랑눈이 되니라

첫 눈

너무 외롭고 지쳐서
내 자신이 비참하게만 느껴지던
그때, 네가 찾아왔다

너는 차갑게 얼어붙어 있는
내게 살며시 다가와
사르르 녹아내리며 말해주었다

넌 정말 따뜻한 사람이라고...

그 말이 나를 울렸고,
그 눈물은 정말로 따뜻했다...

마지막 눈

마지막이라는 예고도 없이
너는 어느 순간 떠나버렸다...

마지막 인사도 하지 못하게
너는 말도 없이 떠나버렸다...

첫눈만 기다리며
첫눈만 추억하는

우리들에게 소심한
복수를 하는 것처럼...

눈사람

보기만 해도
지나가는 사람들

얼굴에 미소가
지어지게 하는

유쾌한 사람

모르는 사람에게
한 대 맞더라도

얼굴에 미소를
잃지 않을 수 있는

세상 착한 사람

첫눈

찬란한 겨울의 눈물,
하늘에서 내리는 순백의 기적.
자연의 섬세한 손길에
세상은 잠시 숨을 죽인다.

어둠을 가르는 빛의 향연,
첨예한 겨울의 눈물.
아득한 기억의 저편에서
잊힌 겨울의 속삭임이 들려온다.

차가운 공기 속에 스며드는
고요와 떨림의 교향곡.
첫눈이 쌓일수록 깊어지는 그리움은
얼음처럼 단단해진다.

시간은 흐를 기미가 없고,
세상은 점점 하얘져 간다.
쌓인 눈은 빙판이 되고,
떨어지는 눈은 무수한 별의 편린이 된다.

첫눈의 마법, 그 찰나의 아름다움,
영원히 잊지 않을 겨울의 속삭임.
차가운 겨울의 따뜻한 말아
내 안에 영원히 살아 숨쉬리.

첫눈이 오니 첫눈에 반했다

첫눈 내리는 날
눈길을 살포시 지르밟는다.
그러다가 눈길을 걷는
너를 발견하고서는 네게
끊임없이 눈길을 준다.
눈 길을 거닐었을 뿐인데,
네게 첫눈에 반했다.

첫눈이 만들어준 눈길,
너와 이어지는 길이길
속으로 바랐었는데 끝내
길이길이 추억할 만남으로
너와 내게 남았다.

바람이 불어와 그늘이 생겨도
첫눈이 녹아 물이 되어도
네게 첫눈에 반했을 당시
살포시 지르밟았던 만년설,
너와 나를 영원토록 기억하리.

만년설이 녹기 시작할 때면
너와 나는 미련 없이
이 세상 떠나리.

첫눈이 내린답니다

눈밭에 생명이 잠드는 겨울,
첫눈이 내린답니다
그 뒤를 따라온

눈송이가
손꼽아 기다리곤 한다나

오늘도 출근길
꽁꽁 얼어
가루가 될 뻔...

안녕해야 해 공허야

영면에 입을 맞대어
수면 속 말을 듣고는
흔들리는 내 안의 공허야.

바람이 거세어서
두 입술 흔들리며
불어오는 세계의 우리야.

알아주지 못해 미안해서
영면하는 두 입술은
흔드는 자신의 공허들에
흔들리고 있었구나.

오늘도 여전히 예쁘게 가득 안은

그래 그것은 눈일 거야.

공허를 채우려 뭉친 눈들로 채우려 하더라도

그것은 따스한 우리의 첫눈이기에 금방 녹을 거야.

그러니 안녕해야 해 공허야.

첫눈이 모여 추억이 되었다

첫눈에 반한 너

나는 너를 처음 보는 순간부터 첫눈에 반했고
그때부터 너를 좋아하기 시작했어
너를 처음 보는 순간 너라는 사람을 알고 싶었어..

너와 함께

너와 함께 첫눈을 보고 싶어

너와 함께 첫눈을 배경으로 사진도 찍고 싶어

나와 함께해 줄 거지?

나랑 첫눈 보면서 걸을래?

나는 있잖아 너랑 첫눈을 보면서 걷고 싶은데
나랑 첫눈 보면서 걷지 않을래?

레드 카펫

첫눈 오는 날 헤어지자는 소리를 들을 줄은 몰랐어
난 얼마나 불쌍해
첫눈 올 때마다 네 생각이 날 거 아냐

널 붙잡으려다 미끄러져서 발에 상처 났어
발을 질질 끌고 집에 들어갔더니
아파트 경비원한테 혼났어
신발 끌지 말래
신발

눈길에 저벅저벅 남겨놓은 내 발자국은
당연히 핏빛이었지
그 발자국들을 이어보니 마치 레드 카펫 같았어

오늘은 내가 주인공이야
비련의 여주인공

첫눈 오는 날 헤어지자는 소리를 들을 줄은 몰랐어
난 얼마나 불쌍해
첫눈 올 때마다 네 생각이 날 거 아냐

텐데

겨울 속으로 사라져 가는 뒷모습
붙잡을 말 한마디 건네지 못하고

푹 숙인 고개 너머로
내뱉은 한숨 구름 되어 떠돈다

첫눈 오는 날 만나자
그 약속 혹여나 기억하고 있다면

차디찬 네 말이라도 삼켜
첫눈이 되어 내릴 텐데

가는 걸음 멎게 할 텐데

첫눈이 내리는 날

창문에 입김으로 그대의 이름을 새기는 날
하늘이 준비한 첫눈이 내리고 있어
그리 새삼스러운 일도 아닐지 몰라도
그대에게 전화를 걸어 알려주었어

그대와의 따뜻한 사랑을 하라고
하늘이 첫눈에 축복을 담아 내려 준 걸까
첫눈이 내리는 날 처음 생각나는 사람이
제일 좋아하는 사람이라는 말처럼

내 마음은 무엇보다 그대에게 있기에
처음 생각나는 사람이 그대라고 말하고 싶고
그대의 멋진 모습이 빛나도록

풍경이 되어주고 싶어

눈이 쌓이는 것처럼 행복한 일이 쌓이도록

첫눈이 모여 추억이 되었다

행복이 내렸습니다

계절이 바뀌어도 내 마음을 전하지 못한 채
그렇게 겨울이 다가왔습니다.

그러던 어느 날 첫눈이라는
너무나 기분 좋은 행복이 내렸습니다.

외롭던 사람들도 사랑을 시작한 사람들도
소리 없이 내리는 첫눈에
보드라운 마음으로 웃어 봅니다.

뽀드득 밝히는 눈 소리와 함께
들뜬 마음의 표정으로
알 수 없는 설렘으로

온 세상을 환하게 밝혀주는

첫눈으로 그대에게 고백합니다.

내 강아지의 첫눈

첫눈이 내리던 날, 내 곁에는 작은 강아지가 있었다. 그날의 기억은 마치 어제 일처럼 생생하다. 하늘에서 떨어지는 눈송이를 처음 본 강아지는 신기한 듯 코끝의 눈을 핥다가 눈밭을 데굴데굴 구르기 시작했다. 나는 그런 강아지를 보며 자연스레 웃음이 나왔다.

첫눈은 언제나 특별하다. 겨울의 시작을 알리는 신호이자, 아이들의 마음을 설레게 하는 마법 같은 존재다. 강아지에게도 그랬을까? 녀석은 눈밭을 헤집고 다니며 새로운 세상을 탐험하는 듯했다. 눈이 쌓인 잔디밭을 달리고, 데굴거리며 마치 온 세상을 다 가진거마냥 즐거워했다.

그 모습을 지켜보며 나는 처음 강아지를 집으로 데려왔던 날이 떠올랐다. 작은 생명이 내 삶에 들어온 순간, 모든 것이 새롭게 다가왔다. 마치 첫눈이 내릴 때 세상이 새하얗게 변하는 것처럼, 녀석은 내 일상에 따뜻한 변화를 가져다주었다.

첫눈과 강아지, 둘 다 내게는 시작을 의미했다. 첫눈이 내리면 겨울이 시작되고, 강아지가 집에 온 뒤로는 새로운 가족의 시작이 되었다. 우리는 서로에게 익숙해지고, 함께 추억을 쌓아가며 성장해 갔다.

눈 속에서 뛰어놀던 강아지는 이내 지쳤는지 내 발치에 와서 털썩 주저앉았다. 나는 조심스럽게 녀석을 안아 털에 잔뜩 엉켜있는 눈을 털어주었다. 창밖으로는 여전히 눈이 내리고 있었고, 우리는 창문 너머로 함께 겨울 풍경을 바라보았다.

첫눈이 모여 추억이 되었다

그날의 첫눈은 강아지와 나에게 특별한 추억으로 남았다. 작은 생명과 함께한 첫눈은 그 어떤 겨울보다 따뜻했다. 이 기억은 시간이 지나도 결코 희미해지지 않을 것이다. 강아지와의 첫눈, 그것은 사랑과 설렘의 시작이었다.

소원

단 한 번이라도 좋으니까, 별이 쏟아지는 밤에 아무도 걷지 않는 눈길을 걸으며 발밑의 소리에 귀를 기울일 수 있다면 소원 하나는 완성할 수 있을 거로 생각한다. 하얀 방, 하얀 이불, 줄무늬 옷에서 벗어나 세상이라는 색 속에 나도 하나가 될 수 있다면 얼마나 좋을까? 그런데 나는 혼자 일어나기는 커녕 앉지도 못한다. 내가 할 수 있는 것이라곤 고작 보는 것 하나밖에 없다. 생각은 왜 하는지 모르겠다. 차라리 눈을 뜨지 않았다면 오히려 더 나았을까?

"일어났어? 연화야?"

눈을 한번 깜박인다. 엄마는 나의 이마에 입맞춤하며 다정하게 안아주었다.

"기분은 어때?"

다시 한번 깜박인다. 긍정은 한번, 부정은 두 번 엄마와 나의 약속이다. 일주일에 한 번 찾아오는 아빠는 올 때마다 헷갈리는지 엄마에게 매번 묻는다. 표정도 없고, 오로지 눈 깜빡임으로 대화하는 이상한 가족이다.

"오늘 날씨가 참 좋아. 연화야, 창으로 보기엔 봄 같지? 그런데 겨울이야. 햇볕이 뜨거워서 선글라스를 써야 할 것 같아."

그런 날이 있었던가? 내 나이가 몇 살이더라? 마지막 기억이 23살이었다. 졸업식을 앞두고 친구들과 여행을 떠났다. 작은 자동차이긴 했어도 처음으로 자기 차가 생겼다고 웃던 수빈의 웃는 얼굴이 선하다. 여전히 아름다울 수빈이는 운전대를 잡으며 약속했다.

"걱정하지 마. 나 운전 경력 무사고 3년이다."

그날 옆자리에 앉은 건 나였고, 뒷자리엔 혜진과 민지가 앉았다. 우리의 목적지는 서울에서 1시간

거리에 있던 양평이었다. 가고 싶은 맛집 지도와 멋진 펜션까지 우리의 일정은 알찼다. 민지가 추천한 맛집은 믿을만하다. 먹는 것을 좋아했던 그녀는 전국에 맛집 여행하는 것을 제일 좋아했다. 방학이면 서울에서 부산까지 밥 먹으러 갈 만큼 먹는 것을 진심으로 대하였다. 혜진은 새침데기 시골 아가씨였다. 서울에서 자취하던 그녀의 집은 강원도 산골 깊은 산 중에 있다고 했다. 이번 여행이 끝나는 날 그녀의 집에서 하룻밤 묵기로 이미 부모님과 이야기를 끝냈다. 아침 일찍 우리 집에서 만나서 엄마가 챙겨준 김밥을 오물거리며, 고속도로를 탔다.

"오늘 날씨 진짜 좋다. 그렇지? 민지야?"

수빈이 웃으면서 민지를 쳐다봤다.

"응. 하늘도 우리의 여행에 동참하나 봐."

"그런가?"

평일 고속도로는 막힘이 없었고, 한참 수다를 떨다 민지가 소리쳤다.

"고속도로 출구 쪽에 오래된 칼국수 집이 있어. 먹

고 갈래?"

면을 좋아하는 혜진의 눈이 반짝인다.

"칼국수?"

민지는 혜진을 보며 웃었다.

"응, 거기 깍두기가 진짜 맛있어. 지금 가면 기다리
지 않아도 될 거야."

"어차피 식도락이 목적이니까 갈까?"

수빈이 나를 쳐다보더니 바로 깜빡이를 켠다.

"가자. 우리에게 시간은 많다."

민지가 추천하는 음식을 먹기 위해 중간에 고속도
로에서 빠졌다. 막 톨게이트를 지나 아무도 없는
삼거리에서 신호를 기다리던 수빈은 신호에 맞춰
좌회전했다. 좌회전으로 인해 몸이 기우뚱거렸고,
그조차 즐거웠던 우리의 차는 웃음꽃이 한창이었
다. 그 순간이었다. 아주 짧은 눈 깜빡임에 우리는
헤어져 버렸다. 대학 1학년 입학식 때 만나 한 번
도 헤어진 적 없던 우리가 4년이라는 짧은 만남을
뒤로하고 영영 만나지 못하게 돼버린 것이다. 나는

그때의 기억이 없다. 눈을 떴을 땐 이미 5년이 지난 후였다. 수빈과 민지는 이제 다시 볼 수 없고, 혜진은 민지가 온몸으로 감싸준 덕에 겨우 목숨은 건질 수 있었지만, 다신 일어날 수 없게 되었다. 여전히 나를 보는 것은 용기가 나지 않는지 그 이후로 소식만 들었다.

내가 눈이라도 뜨게 된 것은 기적이라고 했다. 그러나 눈 외에는 아무것도 할 수 있는 게 없었다. 우는 것조차 허락받지 못한 나는 살아있는 게 다행인지 여전히 의문이다.

"왜? 연화야?"

표정 하나 바뀌지 않았을 텐데, 이상하게 엄마는 내가 우울한 걸 금방 눈치챘다.

"연화야, 창문 열어줄까?"

"어머님, 연화 씨 감기 걸리면 안 돼요."

언제 들어왔는지 담당 의사 선생님의 목소리가 들린다. 나의 담당의는 이지우, 나와 동갑인 여자 선생님이었다. 사실 부모님은 모르는 우리만의 비밀이 있다. 그건 우리 사이가 친구라는 사실이다.

"알죠. 조금만 열면 안 돼요? 우리 연화가 겨울을 좋아하거든요."

"알아요. 제가 어머님과 알게 된 게 몇 년인데, 당연히 알죠. 하지만 안 돼요. 대신…."

그녀는 머리맡에 침대를 올려주었다. 그리곤 창가에 커튼을 치고, 밖을 볼 수 있게 해주었다. 창밖에 사람들은 두꺼운 외투를 걸치고, 종종걸음으로 어딘가로 열심히 걷고 있었다. 세상은 여전히 잘 돌아가고 있었다. 누군가의 생과 사에는 관심이 없다는 듯이 바빠 보였다.

"오늘 기분은 어때요?"

기분이 좋지 않다. 엄마에게는 엄마가 듣기 원하는 대답만 했다. 부정한다고 한들 내 마음을 솔직하게 표현하기가 더 힘들었다. 그때 의사 친구의 낮은 목소리가 들렸다.

"어머님, 화장실 가셨어요."

나는 두 번 눈을 깜빡였다. 그녀의 표정이 어둡다. 문이 열리는 소리가 들리는 순간 이내 표정을 풀었다.

"연화 씨는 눈 좋아해요? 이번 주 일요일에 첫눈이 올 거래요. 믿을만한 일기예보는 아니지만, 그즈음에 오지 않을까 생각이 들어요."

엄마와 그녀가 대화하는 동안 간호사들의 분주한 움직임이 들렸다.

"그래요? 선생님. 남편보고 올 때 연화 숄 가져오라고 해야겠어요. 외할머니가 연화 고등학교 때 생일 선물로 만들어준 건데, 연화가 그걸 정말 좋아하거든요."

"네. 어머님. 전화는 밖에서 아시죠?"

"당연하죠."

나의 몸에는 여러 가지 기계들이 달려있다. 혼자 호흡할 수 없기에 기계의 도움으로 숨을 쉬고, 먹고 싸는 것까지 내 힘으로 하는 것은 하나도 없다. 의식을 찾은 1년 동안의 시간은 부모님에게는 기적일 테지만, 솔직히 나는 싫다.

다음 날, 아침 눈을 떴을 때 엄마의 고른 숨소리가 들렸다. 오늘은 뜨지 말까? 엄마보다 내가 눈을 뜨는 경우는 처음이었다. 그런데 이 자유는 3시간 만에 끝났다. 아침이 한참 지나도 눈을 뜨지 않는 나를 보고 엄마는 간호사를 몇 번이나 부르더니, 의사 선생님께 몇 번이고 전화를 해댔다. 바쁜 친구가 헐레벌떡 뛰어와 나를 이리저리 살폈다. 괜한 고집에 여러 사람을 피곤하게 만든 것 같아 미안했다. 의사 친구는 나의 손을 꼭 잡고 토닥이면서 속삭였다.

"괜찮아. 하고 싶지 않으면 하지 마."

나의 고통을 이해해주는 친구가 있어서 그걸로 되었다. 그녀가 와서야 눈을 뜬 나를 보며 엄마는 몇 번이나 물었다.

"연화야, 엄마 목소리 들려?"

그날 그 물음에 몇 번이나 답했는지 모른다. 엄마는 그날 이후 거의 잠을 자지 않았다. 결국 아빠가 온 일요일에는 쓰러졌고, 아빠에게 나를 맡긴 후에 안정제를 맞고 잠들었다. 온다던 눈은 오지 않았다. 아빠는 반나절을 함께 있었다. 나만 보면 아무 말도 하지 않는 아빠는 가끔 나의 체온을 쟀다. 그걸로 생존을 확인하는 것 같았다. 아빠가 돌아가고, 안정제를 맞고 잠든 엄마를 대신해 의사 친구가 왔다.

"오늘 쉬는 날이야. 연화야. 힘들지?"

그녀와 이야기할 때는 아무 반응도 할 필요가 없었다. 아무 반응도 하지 않아도 그녀는 용케 내 대답을 알았다.

"이건 내가 처음 말하는 건데, 사실 너와 나 고등학교 동창이다. 우린 같은 반인 적이 없어서 아마 넌 기억하지 못할 거야. 그래도 난 상관없어. 내가 널 확실하게 기억하니까. 소심한 나에게 꿈을 만들어 준 게 너거든. 고등학교 1학년 때였어. 우리 반에 어떤 남자애가 놀다가 다쳤거든. 내가 의약용품을 가지고 다녀서 치료해 주고 있으니까, 네가 그랬어. '와, 의사 같다. 너 의사하면 잘하겠다'라고 말이야. 그때 처음으로 꿈이 생겼어. 나는 누가 아픈 게 제일 싫거든. 너도 고쳐주고 싶어. 내가. 그런데 방법을 모르겠어. 그래서 답답해. 연화야."

의사 친구가 내 손을 잡고 울었다. 그때 창밖에서 눈이 내리기 시작했다. 올해 첫눈이었다. 의사 친구는 창문을 톡톡 두드리는 소리에 고개를 들어 창을 쳐다봤다. 머리맡을 올려주고 나를 보았다.

"첫눈이야. ……. 연화야?"

의사 친구가 갑자기 자리에서 일어나 나를 보았다. 검은 눈동자에 내가 비쳤다. 눈물을 흘리고 있는 나의 모습이 말이다.

"고마워. 연화야."

그녀에게 희망이 생긴 듯했다. 그때 링거를 꽂고 들어온 엄마는 나를 안고 한참을 울었다. 첫눈이 준 선물인가 보다. 생과 사 중 사를 선택한 나에게 신은 생을 선택하라고 말하는 것 같았다. 언젠가는 나의 소원 하나도 이루어질지도 모르겠다.

첫눈

자고 일어났더니
세상은 이미 네가 다녀간 후였다.

딱히 약속이 있는 것도 아닌데,
매년 나 혼자 약속하고 기다린다.

마치 나의 삶은
너를 만나기 위한 것처럼

매년 네가 오는 날만 손꼽아 기다리고
너를 만날 날에 별을 새겨 두고 바라본다.

어젯밤은 내가 세상에 태어난 날이었는데,
너를 만났다면 정말 좋았을 텐데….

야속하게도 너는 이번에도 나를 보지 않았구나.
너의 흔적들을 보며 아쉬움을 달래 본다.

내년엔 꼭 만나기를….
벌써 내년의 소망을 그려본다.

첫눈을 녹이는 방법

너와 함께 첫눈을 바라보던 날과
혼자 첫눈을 바라보던 날 사이
너의 따스한 온기가 남아있다

온기를 찾으러 가야겠다

나의 첫눈을 녹이러.

첫눈아, 너는

온다고 하고는 쉽게 오지를 않고
멀리서 머뭇거리기만 한다. 너는,
와서도 잠시 있다 훌쩍 떠나버리고
가슴에 미처 남지도 못한다. 너는,

너 보고 싶어 하는 나의 마음도
어디만큼 오는 널 손 모아 기다리고
설렘에 잠시 머문 너를 바라만 보다
어디로 숨 가쁘게 가는지 붙잡을 수도 없다.

하늘의 별 하나 없는 캄캄한 밤에
내려온 하얀 꽃은 나를 보며 반짝이고
오랜 기다림 끝에 잠시 머문 마음에는
내려 녹아 눈물이 되기도 한다.

말없이 온 너를 정작 떠나보낼 땐
나 또한 아무 말을 하지 못한 채
약속 없는 너를 다시 기다리고 있다.

네가 오면 나는 또 고백을 한다.
네가 가도 나는 또 사랑을 한다.

첫눈이 모여 추억이 되었다

첫눈 같은 사랑

발그레한 세상 지나
설레며 기다리는 또 하나로
하늘에서 내려주는
하얀 마음 같은 첫눈을 만났어.
이 겨울 한가운데서
허전하다고 느껴질 때쯤
내려온 첫눈이 차갑지 않게 다가왔던 건
사랑이었지.
햇빛에 닿아 눈부신 눈꽃들로
포근한 마음도 주고
서서히 녹아내린 아쉬움이 커져
발을 동동 굴려도 어쩔 수 없었지...
한 움큼 가득 담아 얼려 둔다고 해서

계속 볼 수도 없는 거고.

사랑하지만 같이 할 수 없다면

볼 수 없는 시간도 빨라지겠지.

전화 한 통화에 울고 웃던 나를

되돌아 생각해 보면

마음에서 시키는 말과

전혀 다른 말을 내뱉었을 때

사랑이란 마음 녀석이

혼동하며 가동되었던 것 같거든.

말을 하지 않아도

전달되는 마음이 있고,

말을 하지 않으면

전할 수 없는 마음이 있어.

한마디 말이 필요하지 않을 때도 있지만

백 마디 말이 필요할 때도 있는 거지.

내가 알고 있는 감정의 개수가

수없이 늘어나는 것을

느끼고 있는 지금이라면

첫눈이 모여 추억이 되었다

그건 바로 사랑일 거야.
쉽게 마음을 전할 수만 있었다면
내려온 사랑을 놓치는 일은
조금 덜하지 않았을까?
사랑은 그렇게 복잡하거나
어렵지만 않다고 말해주고 싶어.
그 끝을 모를 깊어진 마음을
들여다볼 수 있게 된다면
그 사랑 지킬 수 있을 것만 같다고
가끔 그런 생각을 해.

첫눈

첫눈이 내립니다.
기약 없이 내리는 저 눈은
많은 이들을 웃음 짓게 하는
하얀 천사입니다.

첫눈이 내립니다
그 시간 순간 찰나여도
그토록 기다렸기에
온 맘 다해 하얀 님 맞이합니다

하늘에서 눈이 내려도
이렇게 행복하고 좋은데
그토록 기다린 내 님 오신다면
얼마나 좋을까요.

기다린 님 만나
함께 첫눈을 맞는다면
얼마나 행복할까요

예고

1

첫눈이 내립니다

같이 걸을 이 없는 외톨이여도
첫눈이 내 님인냥 마냥 설렙니다

2

첫눈의 여운이 가시지도 않았는데
행복한 순간을 앗아가듯
갑자기 매서운 바람이 불어옵니다

행복 뒤에 불행을 예고하듯
세찬 바람이 불어옵니다

3

그래도 괜찮습니다

늘 눈보라 맞으며 걸어 온 인생인걸요

첫눈 오면

올겨울
첫눈 내리는 날엔
혼자 걷지 않을 거야

발자국 네 개
새하얀 눈 위에
나란히 새겨지게 할 거야

행복한 추억
하얀 눈 위에 가득 그릴 거야

첫눈 오면

아이의 첫눈

눈을 좋아하는 아이는
일 년 내내 눈이 오길 기다렸다.
하지만 아이가 사는 곳은 겨울에도 따뜻한 곳.
기다림에 지친 아이는 눈을 직접 만들기로 결심했다.

엄마 화장대 위 갑 티슈를 몰래 들고 와
작은 손으로 하얀 휴지를 작게, 더 작게 찢었다.
가득 찬 검은 봉지를 품에 안고 아이는 놀이터로
향했다.

"내가 눈을 만들어 왔어!"

아이는 호기심 어린 눈빛을 보내는 친구들을 지나쳐

미끄럼틀 꼭대기로 올라갔다.

아이의 손끝에서 바람을 타고 휴지들이 흩날린다.

친구들은 깔깔대며 하늘을 보며 손을 뻗어 눈을 쫓
았다.

멀리서 경비 아저씨가 달려온다.

아이들의 웃음소리 사이로

휴지 조각들이 함박눈이 되어 내렸다.

눈이 내리면

유난히 추운 어느 날
분주히 움직이는 구름

눈이 오는 것일까 하며
기대에 가득 찬 눈동자

나의 시선에
하얀 꽃잎처럼
아름다운 눈꽃이 필 때쯤

내 눈동자에는 하얀 풍경이 물들였다

겨울이 온다는 건

문득 떠올려 보는 지난겨울의 모습

차가운 공기에 얼어버렸던 그곳에
따뜻한 사람이 되고 싶었다

손을 내밀어 주고 싶었던 그날
차가워 서손조차 숨겨 버렸던 그 순간

겨울이 온다는 건
차가운 풍경에 발걸음이 멈춘 사람들

그런 날 추운 겨울
옷 따뜻하게 입고 감기 조심 하세요
말과 안부와 그대의 하루를 묻습니다

겨울이 온 오늘
오늘은 어떤 하루 이셨나요?

진술

너를 기다리는 모든 순간이
나를 미치게 했다

너는 내게 장마를 훔쳐서는
그 자리에 첫눈을 두고 갔고

세상 모든 꽃말을
네 이름으로 고쳤다

나의 별
나의 볕
나의 법

사랑아 행여 울더라도
죽지는 말아라

내가 다 안아 주겠다.

부산에 나리면

살살 날리는 비가
사륜차 랜턴에 비취었다

그게 부산에 날리는 눈인가
부산은 언제나 첫눈을 기약하며
실타래 눈을 나린다

새하얀 흔적

새해를 맞이하고 나서
가을 이후 처음 오는 눈을
첫눈이라고 말하지만
나는 그런 식으로
생각하지 않으려 한다
같이 시간을 보내고 싶은 사람과
함께 있을 때 처음 맞게 되는 눈을
첫눈이라고 생각하고 싶어서일까

새하얀 하늘 가득히
겨울에 내리는 축복처럼
함박눈이 온 세상을 가득 메운다
소복이 쌓인 눈 위에

그리움을 써보기도 하지만
순식간에 사라져
흔적도 남지 않는다
마치 내가 바라고 있었던
덧없는 꿈인 것처럼

저 끊임없이 내리는 눈이
나의 마음까지도
하얗게 물들여 줄 수 있다면.

첫눈이 모여 추억이 되었다

순백의 나무

첫눈이 올 때쯤 나무들은
앙상한 가지만 남은 채
하염없이 눈을 기다리고 있다
하얀색의 옷을 입어
빈약한 가지를 가리기 위해,
순백으로 이루어진
눈꽃과 함께한다면
볼품없는 모습을
감출 수 있기 때문일까

가끔 앉아서 노래하는
새들의 지저귐과 함께
오늘도 어김없이 기다린다
처음 오게 될 눈을.

첫눈에 반하다

예고 없이 내리는
당신 덕분에
당신이 나타난다면
수없이 연습했던
대사를 잊어버리곤

깊고 깊은 눈동자에
빠져버리더니
파묻히기 직전에
정신을 차렸다.

잇따라 새하얗게 칠해진
눈 속을 헤집어
당신에게 도달하곤

주저하는 입술에
용기를 보태어
결코 가볍지 않은
마음을 전달하니

머금던 당신의 화답은
내 손과 마음에 소복이
쌓이기 시작했다.

첫눈

첫눈이 오기 전에
너의 행복이 먼저 찾아왔으면 좋겠다.
내 행복보다도 너의 행복이,
추운 겨울이 오기 전
따뜻하게 너를 감싸줄 외투처럼
너를 지켜줄 수 있기를.

떨어지는 낙엽들을 모두 막지 못한 것처럼,
멀어져 가는 너의 마음도
잡을 수 없었나 보다.
마음이란 게,
참 마음만으로 되는 것이 아니었나 보다.

처음 마주했던 그 눈 속에서는
모든 게 선명했는데,
이제는 멀어져 가는 너를,
흐릿해져 가는 나를,
결국은 네 곁을 떠나는 나를
보지 못했나 보다.

아쉬움과 아픔,
미움마저도 접어두고,
첫눈이 내리기 전에
행복이 너에게 찾아가기를.

그 순간만큼은
따뜻한 미소로 너를 감싸주기를.

첫눈을 둘쳐 업은 임

너스레 농담 주고받고
아무렴 다 들어주시며

첫눈을 둘쳐 업은 듯
뽀얀 꾸밈새로 홀리시던

곱절이나 사랑스러운 흰 아이가 된 듯
방방 뛰다 넘어진 마른 가지 아래

여름을 담은 심장은 방해하려나
드러누운 땅을 녹이네

그런 존재

쉽게 상처받고 쉽게 아파하는 나
항상 우울하고 항상 불안하는 나

겨울을 기다리는 이유는

첫눈이 소복이 안아주니까
아픈 흔적들도 덮어주니까

첫눈은 그렇게
누구보다 차갑지만 따듯한 존재

질투

첫눈은 좋겠다 환영만 받아서
햇빛이 질투나 첫눈을 울렸다
질퍽 질퍽 요란스럽게도 운다
아이코 우는 눈에 미끄러졌다
햇빛아 첫눈이 울리지 말아라

너와 첫눈을 맞고 싶다

지금 내게 소망이 있다면
너와 첫눈을 맞고 싶다

새하얗고 예쁜 선물을 준비했다는 핑계로
너를 만나
함께 눈을 맞으며 서로의 눈을 맞추고

온 세상이 반짝반짝 빛나는 순간
내 세상에 반짝반짝 빛나는 너와
첫눈을 맞고 싶다

첫눈이 온다는 핑계로

첫눈이 온다는 핑계로
당신에게 전화를 걸어봅니다

눈이 오니 생각났다고
첫눈을 기다리며 나는 당신을 기다렸다며

오랫동안 전하지 못했던
하얗고 순수한 마음을
당신에게 내려봅니다

눈은 그치겠지만 당신을 향한 나의 마음은
한동안 그치지 않을 것 같습니다

1. 박주원

교복

나를 떠난 사람에게

한 해가 지고 다음 해가 눈을 뜨는 날, 너는 눈을 감았다. 밤을 수없이 지새며 나누었던 우리의 대화는 어느새 하얀 눈이 되어 내리고 있었다.

또 다음 해가 눈을 뜨는 날, 언제나 그랬듯 난 눈 내리는 하늘에 네 평안함을 기도했다. 그리고 눈이 오는 날마다 내가 널 그리지 않게 더는 내가 무너지지 않게 해달라고 함께 기도했다. 올해 첫눈이 내리는 날, 눈을 좋아했던 너를 잊게 해달라고 바라는 나의 모습은 참 이상했다. 봄이 오면 같은 옷을 입고 같은 길을 걷던 우리였는데 어째서 너는 시린 계절에 머무는 걸 택한 걸까.

세월이 지나면서 깨닫게 되었다. 누군가에게는 마냥 따뜻한 봄이 너에게는 누구보다 시린 봄이었다는걸. 내가 별일 없다고 느끼는 동안 넌 느리게 이별하고 있었고 그렇게 끝없는 어둠 속을 헤매고 있었다. 어쩌면 너는 떠오르는 무거운 마음을 혼자 꾹꾹 눌러가며 마음의 바다 저 깊은 곳으로 다시 던지고 있었을지도 모르겠다.

이런 네가 내 곁에 머무는 시간이 이리도 짧을 줄 알았으면 내 세상에 널 더 가까이 두었을 텐데 바보 같은 난 그러지 못했다.

난 여전히 첫눈이 오면 네 평안함을 기도했고 겨울이 지나 시린 봄에 그때의 우리 같은 아이들이 학교를 가기 시작하면 너를 떠올렸다. 그럼 난 '보고 싶다' 는 짧은 말을 꾹꾹 눌러 담아 하늘에 보내었다. 언젠가 한 번쯤은 하늘에서 답장이 도착하지 않을까 하고.

눈사람 탈출기

12월 12일

늦은 첫눈이 내렸다는 그날에,
나는 어떻게 생겨났을까.

나를 만든 사람은 반복되는 숫자로 이루어진 날짜
에 큰 의미를 부여하며
나를 이루는 신체의 모든 부분을 완벽한 원형으로
만들어냈다고 한다.
덕분에 멀리서 보면 알사탕 두 개가 엉겨 붙어 있
는 것 같다고
똥개 인절미 씨가 늘 나를 놀리곤 하였는데
그 말이 썩 나쁘지 않게 들려 그냥 잠자코 있는 중

이다.

눈에 박혀 있는 칙칙한 색상의 단추보다는
알록달록한 알사탕 쪽이 내가 태어난 날의 특별함
과 조금 더 어울리는 것 같아서였다.

"오늘은 아무도 안 오네."

내가 말한 '아무도'에는 나를 생겨나게 해준 사람
도 포함된 것임을 눈치챈
인절미 씨가 슬쩍 헛기침하며 내 뒤에 서 있을 펄
스와 나를 번갈아 쳐다본다.

"애, 넌 혼자도 아니면서 왜 굳이 진짜 사람을 기다
리고 그러니?"

인절미 씨의 말에 뒤에서 펄스의 낮은 웃음소리가
들려왔다.
펄스는 본인이 나보다 1시간 정도 앞서 생겨난 눈

사람이라고 소개하며

내가 탄생하는 순간을 지켜보았으니 [아빠]라 불러
도 된다고 했지만,

그 단어가 쉽게 입에 붙지 않아 '저기.' '있잖아.'라
고만 불러오던 중이었다.

내가 어떻게 부르든 펄스의 목소리가 항상 햇살처
럼 포근하고 따스하게 느껴지는 것을 보면

그는 크게 개의치 않아 하는 듯했다.

"나는 괜찮아."

목소리만 들었을 땐 펄스는 참 좋은 눈사람이었다.

신체 구조상 고개를 돌릴 수 없다 보니 얼굴은 볼
수 없고

오직 목소리로만 펄스가 어떤 눈사람일지에 대해
상상할 수밖에 없는 게 썩 아쉬웠다.

내 뒤에 서 있는 저 눈사람은 나랑 닮긴 했을까?

"정말 괜찮아."

나와 달리 그의 얼굴을 볼 수 있는 인절미 씨는 뒤쪽을 한참 동안 쳐다보다가
휙 고갤 돌려 나를 째려본다.

"왜? 뭐가?"

"애, 그러면 그럴수록 외로워지고 비참해지는 건너야."

"난 생겨난 지 고작 5일째 된 눈사람이야. 그런 어려운 감정은 이해하지 못해."

그러자 인절미 씨가 본인의 눈빛만큼이나 단호한 입매로

"그 사람은 진짜 가족이 있어."

라고 말한다.

하지만 나는 그저께 이미 그 사람이 가족이 있다는 것을 알게 된 상태였다.

그것도 인절미 씨 입을 통해서.

"그럼 나는 뭐야? 나는 가짜라는 말이야?"

"......"

"가족이 될 수 있긴 해? 나는 가짜 가족이더라도 괜찮아."

내 말에 인절미 씨의 귀가 축 처진다. 내가 알기로는 인절미 씨도 가족이 없다.

아까 내게 말한 감정이라는 것은 인절미 씨가 먼저 느껴본 것이겠지.

"어떻게 정의하느냐에 따라 그럴지도 모르지."

열 달 가까이 되는 긴 시간 동안 따뜻한 엄마 뱃속에서 머물다가 태어나는 사람과 달리
정처 없이 떠돌던 눈들이 우연히 정착하게 된 차가운 땅에서 하루,
아니 1시간도 안 되어 뚝딱 생겨난 존재여서일까.

참으로,
나의 탄생처럼 불안정하고, 불완전한 표현이었다.

'어떻게 정의하느냐에 따라'라니. 내가 나를 사람이라고 하는데,
나를 바라보는 사람들의 시선에 따라
나에 대한 정의가 그렇게도 쉽게 뒤바뀔 수 있다는 것인가.
나를 정의하는 것들은 왜 내 몸의 형태처럼 딱 맞아떨어질 수 없는 것일까,

"애초에 사람이라 부르지 말던가.

눈사람이라고 해 놓고 사람으로 정의하지 못할 건
또 뭐야.
내가 이렇게 생겨나고 싶어서 생겨난 게 아니잖아.
이 건 내가 선택한 길이 아니라고."

내 의지로 가족을 만들고 자손을 남길 수도 없다.
다양한 인종은 꿈꿀 수도 없다.
본능이 없기에 동물이라 정의할 수도 없고
지속성이 없기에 사물이라 정의할 수도 없다.

종교를 가지거나 사주나 운세에 매달릴 일도 없다.
결말은 어차피 소멸일 테니.

"이럴 거면 그냥 첫눈으로 사라지게 해주지.
그랬다면 눈이라고 확실하게 정의될 수라도 있었
잖아.
지금의 나는 도대체 뭐야?"

이렇게 사는 것이 도대체 무슨 의미가 있나.
눈앞에 무한하게 펼쳐져 있는 새하얀 땅이 내 질문
에 대한 답을 하는 듯했다.

아무 의미가 없다.

이름 모를 수많은 시체를 짓밟고 그 냉기에 의지해
겨우겨우 연명해 가는 것이
삶이라 표현할 수 있나.
과연 이런 것을 살아가는 것이라 할 수 있나.
녹아 없어지는 날 잘 살다 간다고 세상을 향해 후
련하게 외칠 수 있나.

"나는 엄마도, 형제, 자매도 가져보고 싶어.
꽃잎이 휘날린다는 것이 무엇인지도 보고 싶고
날개 달린 천사들의 노랫소리를 들으며 열매를 먹
어보고 싶어.
단풍잎을 모아 책갈피로 만들고 싶기도 하고

벽난로를 바라보며 가족과 함께 칠면조구이도 먹어보고 싶어."

"이봐, 너무 슬퍼하지 말라고. 결국 다 같아.
사람이어도 가족이 없는 사람이 있고, 가짜인 삶을
사는 사람도 있지.
그들은 우리보다 더 치열하게 살아내야만 해.
너처럼 가만히 있는 삶을 부러워하는 사람도 있을
수 있다고."

"선택의 기회가 있다면 그래도 나는, 그런 삶을 고
를래."

그 순간,
하늘에서 비가 추적추적 내리기 시작했다.
"그래도 신은 있나 보네."

"잘 돌아가. 즐거웠어."

마지막 인사를 하는 인절미 씨의 목소리는 조금씩 떨려오고 있었다.

저 두 눈에 가득 고여있는 물을 당장에 닦아주고 싶었지만,

상황상 그럴 수 없는 게 가장 안타까운 일이었다.

펄스에게도 슬쩍 인사를 건네 보았지만,

그는 입부터 녹기 시작한 것인지 돌아오는 대답이 없었다.

고개를 돌릴 수도 없으니 내 발 쪽에 차오른 흥건한 물을 통해서

그의 안부를 전해 받을 수밖에 없었다.

역시 나는 눈사람이 소질에 안 맞아.

"모두 다시 만날 수 있으면 보자고."

"......"

"눈사람으로 다시 보진 말자."

"⋯⋯"

"허허. 끝까지, 인생 참 허무하네."

첫눈의 시체들 속에 내 몸이 서서히 잠겨가는 것을
느끼며
드디어 나는 나의 본연, 첫눈으로 되돌아갈 수 있
었다.

첫눈이라, 처음이라.
더욱 어설펐고 더욱 찰나였던 나의 삶.

삶이란 무엇인가.
이 세상에 쌓여있는 것은 나의 동지들인가. 아니면
내 몸의 일부분인가.
나는 누구이며 무엇으로 정의될 수 있는가.

나조차 나 자신을 영영 잡을 수 없는 이 삶을 과연
내가 살아낸 삶이라 공언할 수 있는가.

누가 나에게 이 모든 것에 대한 답을 줄 수 있는가.
찰나였던 인생을 누가 보상해 줄 날이 오기는 할까.

이것은
눈사람으로 살았던 나의 찬란한 탈출기,
그리고 첫눈으로써 느낄 수 있는 가장 안락한 마지
막이었다.

발바닥

첫눈에 알았다. 기어코 당신은 나의 세상을 무너트리고 말 것이다.

-

첫눈이 내린다. 기상청은 17일 서울 아침 기온이 영하권으로 떨어지고 첫눈이 내릴 전망이라고 발표했으나 그보다 몇 시간 일찍 눈꽃이 피어 내렸다. 해를 거듭할수록 첫눈이 오는 날짜가 10월에 가까워진다.

띠링-

[눈 온다!!]

세 글자와 느낌표 두 개. 하고 싶은 말이 명확하다.

퇴근하고 만나자는 말을 이보다 확실하게 전할 수
는 없을 것이다.

[어디서?]

[학교 갈래?]

[그래]

선우는 마지막 메시지 옆에 1이 사라진 것을 확인
하고 채팅창을 닫았다. 모니터에서 채팅창이 사라
지고도 마우스 커서는 한동안 X 표시가 있던 자리
에 머물렀다. 퇴근하고 헬스장에 가려고 했는데, 계
획이 어그러졌다. 그래도 별수 없다. 어린 시절의
낭만 젖은 약속이 지난 주말에 세운 계획보다 중요
하다. 적어도 세 글자와 느낌표 두 개의 발신인에
게는 그렇다.

긴 시곗바늘이 아슬아슬하게 6을 넘어간다. 선우
는 30분도 채 안 되는 시간 안에 오늘 목표했던 업
무를 끝내기 위해 바쁘게 손가락을 움직인다.

-

선우는 정류장에 내리자마자 목적지를 정한 모험
가처럼 한곳을 향해 전진했다. 이미 버스 창문으로
자기 몸만 한 기타 가방을 메고 선 익숙한 실루엣
을 찾아낸 뒤였다. 실루엣은 줄 이어폰을 끼고 리
듬을 타고 있다. 매번 충전을 까먹는 바람에 무선
이어폰은 책상 한구석에 방치된 지 오래였다.

"은하야."

"어? 빨리 왔네! 눈 와서 차 많이 막힐 줄 알았는데."

은하가 선우를 돌아보며 환히 웃는다. 그녀는 이어
폰 선을 둘둘 말아 정리하면서 오는 길에 마주친
검은 고양이 얘기를 조잘거렸다. 선우도 마주 웃으
며 맞장구를 쳤다. 그러나 오늘 못 간 헬스장이, 동
그라미를 그리지 못한 운동 계획표가 그의 머릿속
을 떠나지 않았다.

선우와 은하는 손을 잡지 않고 나란히 걷는다. 선
우의 오른손에는 비상용 우산이 들려있다. 눈이 예

상보다 많이 올 것을 대비해 회사에서 챙겨왔다. 왼손에 우산을 들면 오른손으로 은하의 손을 잡을 수 있겠지만 선우는 굳이 그렇게 하지 않는다. 다행히 은하는 오늘 합주에서 있었던 일을 떠드느라 여념이 없다. 허전한 손이 크게 신경 쓰이지 않는 눈치다. 애초에 허전함을 느끼지도 못한다. 선우의 오른손에, 은하의 왼손에 서로를 대신해 눈송이가 닿는다.

학교 뒷문에서 정문 방향으로 난 샛길을 따라가면 운동장이 나온다. 가운데에는 모래가, 가장자리에는 적토색 트랙이 깔린 한빛고등학교 운동장은 해가 저물면 동네 주민들의 공원이 된다. 매일 적지 않은 사람들이 운동장에 모이지만 절대 소란을 피우지 않는다. 잠시 머물다가는 산들바람처럼 조용조용 각자의 밤을 꾸린다. 학교에는 아직 학생들이 남아있고, 운동장을 찾은 이들은 모두 그들의 가족이거나 이웃이기 때문이다.

오늘은 첫눈이 내려서인지 유독 사람이 많다. 트랙

을 따라 달리는 사람. 강아지를 산책시키는 사람.
한쪽 구석에서 야구 배트를 휘두르는 사람. 커피
한 잔을 들고 나무 밑 벤치에 앉아 있는 사람. 그리
고 오랜만에 모교에 들른 직장인 한 사람과 기타리
스트 한 사람이 있다.

선우와 은하는 스탠드에 앉아 말없이 운동장을 바
라본다. 시멘트였던 스탠드는 어느새 목재 덱으로
바뀌었다. 기억나? 그래, 그땐 그랬지. 그땐 햇살을
받아 반짝이는 운동장이 온통 우리 거였더랬지…
말없이도 대화가 오간다.

먼저 입을 뗀 사람은 의외로 선우다.

"시간이 참 빠르지. 우리가 벌써 스물여덟이라니."

"그러게. 근데 나이는 나만 먹었어. 넌 얼굴이 그대
로잖아!"

"너도 머리가 파란색인 거 빼곤 비슷해."

"난 비슷하고, 넌 똑같아. 교복 입혀 놓으면 당장 내
일도 등교할 수 있을걸? 경비 선생님은 간밤에 타
임머신이라도 탄 줄 알고 깜짝 놀라실 거야."

선우는 은하의 주장에 반박하길 포기하고 이 상황을 즐기기로 마음먹었다. 어찌 됐든 저가 동안이라는 소리니까. 은하는 팔을 위아래로 흔들며 혼자만 늙어가는 억울함을 토로한다. 선우는 키득키득 웃는다.

그날도 은하는 왜 2학년부터 야간 자율학습에 의무로 참여해야 하는지 모르겠다며 불만을 털어놓았다. 은하는 네모난 칸막이로 나뉜 네모난 책상이 늘어선 네모난 자습실에서는 절대 공부할 수 없는 사람이다. 그래서 신문을 펼쳐놓고 꾸벅꾸벅 조는 선생님의 눈을 피해 선우를 데리고 자습실에서 탈출했다.

은하는 운동장 스탠드를 책상 삼아 수학 문제를 풀었다. 선우는 은하가 책상으로 삼은 칸에 궁둥이를 붙이고 위 칸을 등받이 삼아 기대앉아서 영어 단어를 외웠다. 겨울을 몰고 오는 가을바람이 시멘트 바닥을 꽁꽁 얼렸지만 두 사람은 아랑곳하지 않았다.

첫눈이 모여 추억이 되었다

때마침 첫눈이 내렸다. 은하와 선우는 책에 파묻었던 고개를 들었다. 첫눈이 여린 볼에 콕콕 떨어질 때 어딘가 다른 곳에도 눈송이가 쌓였다. 어떤 형태가 될지도 모른 채 그렇게 쌓여 소복해졌다. 두 사람은 그날, 내년에도 첫눈을 같이 보기로 약속했다. 그다음 해에는 앞으로 다가올 모든 첫눈을 함께 맞기로 약속했다.

"많은 게 바뀐 것 같다가도 어쩔 땐 하나도 바뀌지 않은 것 같아. 네 얼굴도 그렇고, 여기서 보는 운동장 풍경도 그렇고."

은하가 손을 뻗었다. 손바닥 위로 하얀 얼음 결정체들이 사뿐사뿐 내려앉았다.

"그래도 첫눈은 맞을 때마다 새롭네."

"그런가? 눈이 다 똑같지 뭐."

선우와 은하는 친구로 10년, 연인으로 8년을 지냈다. 많은 게 바뀐 것 같다가도, 하나도 바뀌지 않은 것 같다가도, 분명히 바뀌었다. 세월은 그냥 흘러가

지 않는다. 단단한 바위도 하루에 한 번씩 10년을
어루만지면 마모되어 키가 준다. 나뭇잎 두께만큼
이라도 깎여 나간다.

두 사람이 처음 만난 열여덟 살에는 선우도 눈을
좋아했다. 찬바람이 가을을 밀어내기 시작하면 하
늘을 힐끗거리며 눈이 오길 기다렸다. 마침내 첫눈
이 내리면 선우는 운동장으로 뛰쳐나갔다. 혓바닥
을 내밀어 눈을 맛보고 벤치에 쌓인 눈을 뭉쳐 친
구들에게 던지며 놀았다. 은하가 작은 눈사람을 만
들면 선우가 그 위에 돌멩이와 나뭇가지로 눈 코
입을 달았다.

선우는 이제 눈이 마냥 좋지만은 않은 나이가 됐
다. 일기예보에서 눈 소식이 들리면, 눈이 오기도
전부터 눈 녹은 길거리를 오갈 생각에 골치가 아프
다. '하얀 눈'은 환상이다. 눈은 까맣고 더럽고 축축
하다. 신발 밑창을 찌르는 제설용 염화칼슘도 걸을
때마다 거슬린다.

"야, 첫눈은 다르지!"

은하는 눈을 휘둥그렇게 뜨고 말을 쏟아냈다.

"생각해 봐. 겨우내 눈이 와도 4월쯤 되면 눈이 어 땠는지 잘 기억 안 나잖아? 대충 이랬겠거니 하는 데 눈에 대한 감각이 명확하게 기억나는 건 아니라 고. 그렇게 눈이라는 게 뭔지 잊고 살다가, 첫눈이 오면 다시 생각나는 거야. 아, 눈이 이런 거였구나. 이렇게 내리는구나. 이런 촉감이었구나. 이렇게 아 름다웠구나… 하고."

"나이 들면 특별할 것도 없어. 감흥도 없고."

선우는 별생각 없이 대꾸하고 아차 싶었다. 물은 엎질러졌고 도화선은 타들어 간다. 머지않아 은하 의 입에서 폭탄이 터질 것이다. 진지하게 한 애기 를 시답잖은 군소리 취급하지 말라는 폭발음이 들 릴 것이다.

그러나 아무 일도 일어나지 않는다. 은하는 입을 꾹 다물고 일생일대의 문제를 눈앞에 둔 사람처럼 고뇌한다. 이윽고 발을 꽁꽁 싸맨 부츠를 벗는다. 양말도 벗어 던진다. 폭탄을 터트리는 대신 작전을 수행하는 장군처럼 외친다.

"정선우. 당장 신발 벗어."

선우가 의문을 제기하기도 전에 은하는 이미 맨발이다.

"얼른! 양말도 벗어!"

안 하겠다고 도망쳐봤자 저를 '정선우'라고 부르는 은하의 고집은 꺾이지 않는다는 사실을, 선우는 오랫동안 축적한 데이터로 알고 있다. 결국 선우는 장군의 명령대로 순순히 신발과 양말을 벗는다.

은하는 만족스럽다는 듯 고개를 끄덕인다. 그리고 다리를 쭉 뻗는다. 선우도 그대로 따라 한다.

바람을 따라 머리카락이 귀 뒤로 이리저리 휘날린다. 바람이 싣고 온 손님이 발바닥을 두드린다. 신발도, 양말도 없는 주름진 살갗에 잔눈발이 날린다. 여린 눈이 송이송이 닿을 때마다 발바닥에서 톡톡 탄산이 터진다. 간지러워서 발가락이 오므라든다.

"어때? 첫눈."

"뭐?"

"너 발바닥으로 눈 맞아본 적 있어?"

"아니."

"그럼 맞네, 첫눈!"

늘 이런 식이다. 은하는 이런 식으로 10년 동안 선우를 괴롭혀 왔다. 은하는 저 때문에 선우의 세상이 몇 번이나 무너지고, 뒤집히고, 엉망진창이 되었는지 모를 것이다.

선우는 은하 곁에 있는 매 순간 계획에 없던 삶을 마주한다. 잊고 살던 감각을 느낀다. 머리 꼭대기에서 가장 먼 곳에 발바닥이 있음을 깨닫는다. 내가 당신을 너무도 사랑한다는, 자명한 진리를 깨우친다. 선우는 이렇게 갑자기 사랑을 이해할 수 있다는 사실에 탄복한다.

선우는 마음껏 첫눈을 누리는 발을 내려다본다. 은하도 똑같이 그런다. 그러다 좋은 가사가 떠올랐다며 옆에 기대어 둔 기타 가방 앞주머니에서 노트와 볼펜을 꺼내 끄적인다. 발바닥을 훤히 드러낸 발이 신이 나서 까딱거린다. 원체 틀에 박힌 일을 좋아하지 않던 은하는 대학에 가자마자 전공을 내팽개치고 음악으로 진로를 틀었다. 주변의 걱정이 무색하게도 현재 은하는 마니아들 사이에서 주가를 올리고 있는 밴드에서 기타를 친다.

선우는 종종 은하가 애인보다 음악을 사랑하는 것 같아서 질투가 나곤 했다. 지금은 이 순간을 사로잡기 위해 단어와 문장을 쏟아내는 은하의 전두엽을 질투한다. 선우는 발로 은하의 발을 툭툭 건드린다. 은하는 그의 발짓이 하고 싶은 말을 단번에 알아차린다. 함께 보낸 세월이 10년이면 그렇게 된다.

"이봐요, 발바닥 씨. 심심하신가 봐요."

"네. 발가락도 시리고요."

"첫눈을 맞은 소감은 어떠세요?"

"나쁘지 않네요, 발바닥 씨."

은하는 터져 나오는 웃음을 참지 못한다. 이 남자를 사랑할 수밖에 없는 이유가 못해도 하나는 있을 거라고, 그거면 충분하다고, 문득 깨닫는다.

은하가 선우의 발바닥에 제 발바닥을 맞댄다. 그리

고 발가락으로 깍지를 끼려고 끙끙댄다. 선우도 은하를 따라 열심히 발가락을 꼼지락거린다. 끝내 두 사람을 발깍지에 성공한다. 꼭 붙은 발바닥에 열기가 올라서 두 사람은 발이 얼어가는 줄도 모른다. 내일 아침이면 감기에 걸릴 것이다. 첫눈에 반한 발바닥이 상사병을 앓을 것이다.

첫눈에 대한 나의 다양한 단상

첫눈이 주는 감동, 그리고 시간의 흐름 속에서 발견하는 아름다움

첫눈이 내린다는 소식을 들으면, 나는 항상 설렘과 함께 창밖을 바라보게 됩니다. 어릴 때부터 첫눈을 기다리는 마음은 변함이 없었지만, 어른이 된 지금, 그 의미는 점점 더 깊어지고 있습니다. 첫눈은 단순히 겨울의 시작을 알리는 자연현상 그 이상의 의미를 지니며, 우리의 감정을 자극하고, 삶을 되돌아보게 만드는 특별한 순간입니다.

겨울의 첫날이 되면, 나는 유독 하늘을 자주 쳐다보게 됩니다. 어느새 차가워진 공기 속에서 작은 기적이라도 감지하려고 노력하는 것이죠. 첫눈은 마치 아무도 예상하지 못한 순간에 찾아오는 손님처럼

조용히, 그러나 분명히 찾아옵니다. 처음 눈송이가 하늘에서 천천히 내려오는 그 순간, 세상은 조금 다른 모습을 드러냅니다. 모든 것이 순식간에 정지된 것처럼 보이고, 차가운 바람마저도 눈송이의 가벼운 움직임 앞에서 머뭇거리는 듯합니다. 그렇게 첫눈이 내리는 순간은 일상에서 벗어나 우리를 잠시 멈추게 하고, 그 자체로 하나의 작은 축제가 됩니다.

첫눈이 내리면 자연스럽게 어린 시절의 기억이 떠오릅니다. 눈이 내리면 친구들과 함께 눈싸움하고, 눈사람을 만들던 그 시간이 생생하게 기억납니다. 하얀 눈 속에서 뛰어놀던 그때의 기쁨은 무한했습니다. 추위에도 아랑곳하지 않고 웃으며 뛰어다니던 그 시절의 나는 더없이 자유로웠고, 걱정 하나 없는 시간이었습니다. 어른이 된 지금도 첫눈을 보면 그때의 따뜻한 추억들이 밀려오며 마음 한구석에서 미소를 짓게 됩니다. 마치 시간여행을 하는 듯한 기분입니다. 첫눈은 우리를 과거로 데려가 어린 시절의 순수함과 무한한 가능성을 다시금 떠올리게 합니다.

하지만 첫눈은 단순히 과거의 추억만을 불러일으키는 것은 아닙니다. 지금, 이 순간을 더욱 소중하게 만들어 줍니다. 첫눈이 내리면 우리는 바쁘게 흘러가는 일상에서 잠시나마 멈춰 설 기회를 얻게 됩니다. 쉴 새 없이 달려가는 현대인의 삶 속에서 첫눈은 마치 자연이 보내는 작은 선물처럼 느껴집니다. 그 눈송이 하나하나에는 고요한 순간의 힘이 담겨 있습니다. 눈은 그저 하늘에서 떨어지는 물방울이 아니고, 그 안에 담긴 시간의 흐름과 계절의 변화를 느끼게 해주는 상징입니다. 눈송이가 천천히 쌓이듯이, 우리 삶의 순간들도 하나씩 모여가며, 그 안에서 의미와 가치를 찾게 됩니다.

첫눈이 주는 또 하나의 아름다움은 그것이 잠시 머무르다가 사라진다는 점입니다. 눈은 내리지만, 오래 머물지 않습니다. 이내 녹아내리거나, 누군가의 발길에 의해 사라지기 마련입니다. 그래서 첫눈을 보는 순간 우리는 더욱더 그 시간을 소중히 여길 수밖에 없습니다. 첫눈이 내린 풍경은 마치 짧은 순간의 예술 작품과 같습니다. 그 흰 눈이 덮인 세상은 흠 하나 없이 깨끗하고, 모든 것이 새롭게 태어난 듯한 느낌을 줍니다. 하지만 그 아름다움은 오래가지 않습니다. 눈이 녹아내리고 나면 다시 일상으로 돌아오게 되는 것이죠. 이처럼 첫눈은 우리의 삶에서도 소중한 순간들이 얼마나 쉽게 지나갈 수 있는지를 상기시켜 줍니다. 그렇기에 첫눈이 내리는 순간에는 그 순간을 온전히 느끼고, 깊이 음미해야 한다는 것을 깨닫게 됩니다.

첫눈이 주는 깨달음은 단순히 시간의 흐름에 대한 것이 아닙니다. 첫눈은 우리가 잊고 지내던 삶의 소중한 가치를 일깨워 줍니다. 눈이 내리는 동안에는 모든 것이 고요해지고, 그 속에서 우리는 일상의 복잡함에서 벗어나 잠시나마 마음의 평화를 찾을 수 있습니다. 그 고요함 속에서는 자연의 소리를 더 잘 들을 수 있고, 우리의 내면을 들여다볼 기회를 얻게 됩니다. 하얀 눈이 덮인 풍경 속에서 우리는 잠시나마 세상의 소음에서 벗어나 진정한 나 자신과 마주하게 됩니다. 그 순간은 마치 세상과 나 사이에 평화로운 조화가 이루어지는 것처럼 느껴집니다.

첫눈은 또한 새로운 시작을 상징합니다. 첫눈이 내릴 때, 우리는 마치 새롭게 시작할 기회를 얻은 것 같은 기분이 듭니다. 첫눈처럼 모든 것을 새롭게 덮고, 우리도 다시 한번 새출발을 다짐할 수 있게 됩니다. 눈이 내린 뒤 세상은 하얗게 덮여 있습니다. 마치 깨끗한 도화지가 펼쳐진 듯, 그 위에 무엇이든 다시 그려나갈 가능성이 주어진 것처럼 느껴집니다. 우리는 이 기회를 통해 그동안의 일들을 되돌아보고, 앞으로 나아갈 방향을 새롭게 설정할 수 있습니다.

이처럼 첫눈은 단순한 자연현상이 아닙니다. 그 속에는 우리의 삶을 돌아보게 하고, 새로운 시작을 다짐하게 만드는 여러 의미가 담겨 있습니다. 첫눈이 내릴 때마다 우리는 그 순간을 통해 새로운 감정과 깨달음을 얻게 됩니다. 눈송이 하나하나에 담긴 시간과 그 순간의 고요함 속에서 우리는 더 깊은 생각을 하게 되고, 그 속에서 삶의 소중함을 다시금 느끼게 됩니다.

첫눈은 늘 우리의 일상 속에서 특별한 의미를 지니며, 그 순간을 통해 우리는 과거와 현재, 그리고 미래를 동시에 바라보게 됩니다. 올겨울에도 첫눈이 내릴 때, 그 순간을 놓치지 않고 온전히 느껴보는 것은 어떨까요? 철원에서 군대 생활을 한 나에게 눈은 또 다른 의미로도 다가온다. 다들 눈 하면 낭만과 사랑스러움처럼 로맨틱하고 정적인 것들을 떠올리는 듯하다. 하지만 군대에서 눈은 치워야 하는 존재이다. 그 이상도 이하도 아니다. 동계작전 준비라고 해서 가을부터 싸리비를 나무로 엮어서 만드는 작업을 하게 된다. 철원은 말 그대로 한국의 시베리아이다. 세상 4월에 눈이 오는 곳을 처음 보게 되었다. 초소에서 내리는 눈을 바라보면서 이런저런 생각을 하게 되었다. 사회에 있을 때 내가 걸어온 인생의 길에 대해서 생각했다. 아울러

전역을 하게 되면 어떤 삶을 살지에 대해서 미래에 대해 설계하면서 커다란 희망을 품고는 했다. 눈을 치우면서 내리는 눈이 야속하게만 느껴지기도 했지만 때로는 재미있는 기억도 난다. 눈사람을 만들고 눈싸움하면서 동심으로 돌아가는 훈훈한 경험을 하게 된다. 그런 때에는 계급도 눈치도 보지 않아도 되는 시간이었다. 눈이 내리는 날 동계 전술 훈련을 하면서 야영하던 기억이 난다. 세상 모든 게 얼어있는 그 추위에 군용 텐트를 치며 침낭 속에서 몸을 숨기면서 하룻밤을 보냈다. 이제 그런 추억도 나의 기억 속 한편으로 사라진 지 오래다. 유년 시절 눈이 내리는 밤에 시디플레이어로 케니지의 러빙유를 듣던 기억이 난다. 유달리 케니지의 곡들을 좋아하던 나였다. 지금도 가끔 밤에 케니지의 음악을 듣는다. 눈이 내리는 밤에 들으니 더욱 새롭게 다가왔다. 올해 첫눈은 언제 내리게 될지 모르겠다. 눈이 오면 감상적인 면도 있지만 이제 나이가 들어서 현실적인 면이 우선 떠오르게 된다. 출근길 교통대란이 시작되겠지. 눈길에 넘어지면 어쩌나 눈이 오면 좋아하던 동네 강아지들의 짖는 소리만 있을 뿐 점점 세속화되고 현실적으로 변모해 버린 내 모습이 떠오른다. 눈에 대한 추억들은 저마다 있을 듯싶다. 나 또한 가지 않은 길에 새하얗게 내린 눈을 보면 괜스레 내 발자국이 남기는 게 조심스럽다. 뽀드득뽀드득 발소리를 내면 걸어가는 나를 보면서 뒤에 오는 이의 이정표가 되었으면 하고 바라게 된다. 한 발짝 한 발짝 내가 걷고 있는 이 길이 나의 하루가 된다. 이런 하루가 모여서 나의 히스토리가 만들어지게 된다. 저마다 꿈과 바람들이 있을 거다. 그 소망을 위해서 조금씩 한 발짝 가까이 다가가게 된다. 그런 각자의 시도에 박수를 보내고 싶다. 때로는 삶의 여정에 힘겨운 시간이 있을 수 있다. 이를 잘 이겨내고 극복하는 것도 저마다의 몫이라고 생각된다. 올 한 해가 마칠 때쯤에는 내가 이루어 낸 것들에 대해서 조용히 반추하고 생각해 보는 시간을 가지게 되기를 바란다.

첫눈에 깃든 나의 추억

첫눈의 추억

하얗게 내려온다,

그리운 시간 속으로 스며드는

첫눈의 조각들.

손끝에 닿는 차가움 속에도

따뜻했던 그날의 기억이 흐른다.

너와 함께 걷던 그 골목,

조용히 소복이 쌓이던 눈밭을 밟으며

우리는 말없이 웃었지.

눈송이 하나하나가

우리의 시간을 덮어주던 순간,

그때의 설렘은 지금도

마음속 깊이 녹아있다.

첫눈이 내리면
너의 손을 잡았던 그 온기와
우리의 발자국이 남겼던 이야기가
눈부시게 반짝인다.
하지만 첫눈은 언제나
잠시 머물다 녹아내리듯,
너도 그렇게 멀어졌지.
녹아버린 추억의 조각들은
아련한 그리움으로 남아
나를 감싼다.
지금도 첫눈이 내리면,
나는 그날의 너를 떠올린다.
마치 눈 속에 숨겨진 시간처럼,
네가 내 마음속에
조용히 쌓여간다.

눈이 오는 곳으로

'첫눈을 보면, 우리 꼭 가자. 꼭 멀리 가서, 눈 사이에 이리저리 파묻혀서 말야, 우리 입에서 나오는 그것이 한숨인지, 고민인지, 추워서 나는 입김인지도 모르게 그렇게 둘이 꼭 같이 가자. 아무도 찾을 수 없는 눈보라에 휘말리더라도, 꼭 우리 둘이 같이 가자.'

'그게 네 행복이야?'

'응'

삶은 그 자체로 아름답다던가, 아름다우니까 그대여, 살아야 한다던가. 그런 말들은 너무 달콤해서 차마 믿고 싶지 않았다. 아니, 믿지 않는 것이 스스로를 위하는 일이라고 생각했다. 그럼에도 한 두마디 말에 내 마음은 아직 채 첫눈을 맞지도 못했는데 떨어버렸다. 그럼 첫눈이 오면 나는 조금 이보다는 더 떨릴까? 첫눈은 지금까지도 매년 날 찾아왔는데, 이번에는 내가 첫눈을 찾게 되는 걸까? 아니 하다못해 그게 행복이냐는 내 질문에 더 이상의 어떤 말도 없이 '응'이라고 대답해 주었던 네가 알려준 행복이 퍽 마음에 들어서였을까.

다음 겨울이 오기에는 아직 열 달이나 남았는데, 너는 내게 열 달 동안 무슨 마음을 안기려고 그렇게 말해버리고 간 걸까. 나에게 흐르는 달은 첫눈을 맞기 위해 역행하는 시간을 쫓아야 하는 것으로 바뀌어 버린 걸 넌 알까. 아니면 좀 더 바보같이 헤픈 표정을 지으며 강아지처럼 한없이 뛰어 너와 저 멀리 설원 너머로 도망가 버릴 꿈을 꾸는 게 더 맞는 일이었을까.
나도 그 말을 들으며 지었던 표정을 기억하지 못하는데, 대답하는 네 얼굴에 미소가 있었다는 것은 기억한다. 우리는 각자 무슨 마음으로 열 달을 참으려고 했을까. 그렇게 또 바보같이 들어버린 생각은 돈이었다. 돈, 그래 돈을 벌어야 해. 너와 저 하얀 설원을 넘어가려면, 우리같이 잘 수 있는 텐트도 필요하고, 눈보라를 막아 줄 두꺼운 파카도 필요하고, 또 우리 핫팩도 많이 사야겠지?

배금주의니, 자본주의니 하는 말은 학교를 다니며 퍽 많이 들어 봤다. 돈이 중요하다는 것을 안다. 그래서 돈을 벌거다. 바보같이 저 설원으로 멀리 떠나려고, 저 설원 뒤에 뭐가 있을지 알고 그냥 네가 그러고 싶다길래 떠나려고 했다. 네 미소는 내 행복이니까. 처음으로 첫눈이 추억이 될 것만 같았다. 너와 떠나니까. 그렇게 마지막 첫눈을 맞더라도, 저 하얗기만 한 나라로 떠나버린다면 아무 생각도 들지 않을 테니까. 그래서 돈을 악착같이 벌어보려고 했다. 아무것도 가진 것 없고, 특별한 것 하나 없는 나에게는 그저 온 힘을 다해 투박하게 돈을 벌어 나갔다. 낮에는 학교를 가고, 강의가 비는 시간이면

카페에서 아르바이트를 했다. 그럼에도 부족했던 돈을 위해서 나는 밤이면 가게에 나가 음식을 날랐다. 힘들었지만 힘들지 않았고, 퇴근길이 피곤한 적은 있어도 부끄럽지는 않았다. 앞으로 떠날 여정에 살 물건들을 적어보고, 너와 같이 눈을 맞으면 어떨까, 텐트 속에 숨어버린 우리가 춥지는 않을까? 아니 그냥 이렇게 며칠 도망쳤다가 다시 돌아와야 할까. 저기 우리, 콱 그냥 죽어버릴까? 새하얀 눈이 소복이쌓인 아래 둘이 꼭 껴안은 채로 그렇게 우리의 사랑을 얼린 채 박제되어 버릴까? 왠지 너와 함께라면 조금도 무섭지 않을 것 같아. 아니 조금은 무섭겠지만 그래도 괜찮을 것 같아.

바쁜 하루가 끝나고 집어 든 핸드폰에서 들리는 너의 목소리는 아직 우리가 봄을 살고 있음을 깨닫게 해주는 마지막 일과였다. 사실 일과라 하기도 웃긴 것은, 언제는 늦은 밤 열 시에도 하고, 새벽에도 전화하고, 전화기 너머 너는 우리가 설원으로 떠나려면 어디가 좋을지에 대해 대화를 늘어놓는 순간들만큼은 잠보다도 달콤했다.

'……있잖아, 우리, 꼭 하얀 나라로 떠나자, 강원도로 갈까? 거긴 4월에도 산봉우리에는 눈이 남아있대. 아니면 더 멀리 떠날까? 삿포로 어느 한적한 시골 마을로 도망갈까?'

그렇게 강원도에서 삿포로로, 어느새 저 유럽 핀란드에서 아이슬란드로, 그러다가도 북극으로 사라지고 싶다는 네 말에 우리의 약속을 떠올리며 잠을 설쳤다. 학교와 일을 왕복하면서도, 커피 한 잔 마시고 싶다는 생각을 억누르며 삼천 원을 저금했다고 생각할 때도 있었지만, 이런 자그마한 것이 모여 마치 너와 꼭 떠날 수 있을 것만 같았다.

전례 없는 폭염이 왔지만 에어컨을 줄였다. 물론 그렇다고 아예 틀지도 않았다는 것은 아니다. 더웠으니까. 그래도 전기세를 아끼려고 부단히 노력했다. 집에 있는 시간을 줄이려고 도서관으로 향했고, 알바를 최대한 오래 하려고 했다. 일찍 끝나는 날에는 또다시 도서관으로 향해 '이제 저희 문 닫습니다'라는 말을 듣기 전까지 선선한 공기를 즐겼다. 방학이라 그런지 학교 도서관에는 사람이 적어서 다행이었다. 너는 잘 지내고 있을까? 가끔 후덥한 공기에 땀에 찌든 옷을 벗다가도 힘겨울 때면 네 생각이 났다. 뭐 사랑한다 그런 거창한 생각보다는 그냥 네가 있었으면 어땠을까? 몸에 옴짝달싹 달라붙는 이 옷을 단숨에 벗겨 줄 텐데. 그렇게 다가오는 해방감이나 시원함은, 아니 네가 내게 준 그 시원함은 분명 달콤할 텐데. 그러다 보니 옷 입는 것도 어느새 변했다. 살갗 하나 내비치기 부끄러웠던 나는, 어느새 짧은 바지를 입을 때 종아리가 예쁘지 않을지에 대한 고민도, 팔과 손에 난 아기자기한 상처들보다도, 너랑 떠날 설원이 기대되어서, 그 설렘이 부끄러움보다 커질 때쯤 반바지를 입기 시작했다.

여름이 지나고 가을이 온단다. 아니 가을이 오고

있다는 것이 마치 믿기지 않을 무덥던 여름밤도 이젠 다 갔다. 이제 정말 조금만 더 참으면, 너와 저 설원으로 떠난다는 게 믿기지 않는다. 아직 낮은 덥지만 이제 밤은 꽤 쌀쌀한 것이, 마치 조심스레 떠난 여행의 코앞에서 설원의 향기가 느껴지는 것만 같았다. 여름을 겨우 넘기니 진이 다 빠진 것 같다. 너는 최근에 많이 바빠진 것 같았다. 그래서 전에는 선뜻 눌렀던 번호도 이제는 네 시간에 맞추어 쓰다가 지우는 일이 잦아졌다. 그렇게 잠이 오지 않던 나는 갑갑한 마음을 숨기려 이어폰을 꽂고 쌀쌀함을 배우려 산책을 나가는 일이 잦아졌다. 그러다가 문득 궁금해졌다. 네가 떠나고 싶은 설원이. 왜 첫눈이 올 때 아무것도 없는 저 눈의 바다로 떠나가고 싶은지, 네 행복이 무엇인지, 나는 네 행복이 어땠으면 좋겠는지. 그래서 무작정 설원을 찾았다. 그냥 가장 추운 곳으로 떠나고 싶다는 것인가? 눈이 내렸으면 더 좋을까? 너랑 꼭 맞이하는 첫눈이 내 추억이 되었으면 좋겠다. 그래서 그 기억에 첫눈 빼고는 아무것도 없었으면 좋겠다. 아늑한 통나무집도, 따뜻한 벽난로도, 예쁜 눈 조각도 그 무엇도 없이 첫눈만 하염없이 왔으면 좋겠다. 북극을 가자. 북극은 분명 수많은 첫눈들이 내려 소복하게 쌓여있을 테니까. 너와 내 첫눈 하나 더 쌓는다고 해서 뭐 눈치 볼 게 뭐 있겠어. 북극에 가자 북극에 가며 우리 웃자. 아무도 모르는 그곳에서 웃고 살다가 그렇게 우리도 첫눈 사이에 또 다른 첫눈이 되자. 우리의 첫눈이 지나도 또 다른 첫눈이 오고, 우리의 추억은 그사이에 영원히 얼어붙어, 우리만 기억하는 그런 바보들이 되자.

그런 생각에 잠 못 이루다가 찾아본 유튜브 영상에서 흘러가는 말이 퍽 마음에 들었다. 화면 속에서 드론이 북극의 하늘을 가로지르며, 태양이 떠오르지 않는 깜깜한 설원과 영원한 듯한 침묵을 비추고 있었다. 나지막한 나레이션이 이어졌다.

"매년 북극은 백일의 밤, 폴라 나이트에 빠집니다.

이곳에서는 며칠, 몇 주, 때로는 몇 달 동안 태양이 지평선 너머로 사라진 채 돌아오지 않습니다. 그저 끝없는 밤과 눈으로 가득한 땅이 온 세상을 덮고 있죠."

영상 속 북극은 한없이 흰 눈밭이었다. 새까만 밤 하늘 아래 달빛이라도 내린 것처럼 시퍼런 빛깔의 북극이 퍽 따뜻해 보였다.

나레이션은 계속 이어졌다.

"이곳에선 눈과 어둠이 모든 걸 덮어버립니다. 빛을 잃은 대지 위로 설원만이 무한히 펼쳐져 있죠. 때로는 인간의 존재가 먼지처럼 작게 느껴지기도 합니다."

문득, 네 생각이 났다. 우리 그냥 삿포로고 뭐고 하지 말고, 북극으로 떠나자고 할까? 첫눈이 오면 저 멀리 북극으로 떠나 다시 돌아오지 말까? 핫팩이고, 텐트고 그런 것들이 다 무슨 소용일까? 이미 차가운 세상에는 너무나 지쳐 추억이라 할 것 하나

제대로 건지지 못했는데, 이 첫눈을 내 첫 추억으로 영원히 얼려버릴까? 분명 설원으로 떠나자 한 건 너였는데, 어쩌면 이제는 내가 그 설원을 너보다도 더 바라고 있었는지도 모르겠다. 그렇게 떠나간다면 북극이 조금은 더 따뜻하게 느껴질까, 그런 소망이 조금 담겨서 그런지 왠지 모르게 네 번호를 누르고 통화 버튼을 눌렀다.

'고객님께서 전화를 받을 수 없습니다. 잠시 후 다시 전화해 주시기 바랍니다.' 너는 분명 자고 있었나 보다. 너는 꼭 많이 피곤했었나 보다. 아무래도 나와 함께 저 먼 곳으로 떠나가기 위해 너도 필시 바빴겠지. 괜스레 졸린 눈을 비비며 잠에 들었을 너를 생각하니, 내가 너무 이기적인 것 같기도 했다. 내가 퍽 미워졌다. 좀 더 참았다 아침에 말해 줄 걸, 이게 뭐라고 지금 꼭 이야기하려고 했는지 모르겠다. 그러곤 네가 퍽 미웠다. 설원으로 떠나자고 꿈을 불어넣은 네가 미웠다. 세상에게서 도망치기만 바빴던 나에게 설원이라는 꿈을 알려줘 버린 것이.

그다음 날 네게서 전화가 왔다. 네 목소리는 많이 지쳐있었지만, 그래도 내게 전화를 걸었다는 사실에 괜스레 작은 미소를 지을 수 있었다.

"어제 전화했었더라, 미안해. 내가 너무 피곤했었나봐"

"아니야, 뭘 너가 미안해. 내가 미안해, 네가 바쁘다는 것도 생각 못 하고..."

"왜 전화했어?"

"우리 떠나자고 했잖아. 첫눈이 오면.."

"응.."

"멀리 갈까?"

"멀리 어디로?"

"북극."

"거긴 왜?"

그냥 왠지 되묻는 네 말이 조금 서운했다. 그게 네 행복이라며, 나와 같이 저 눈밭으로 떠나는 거, 저 멀리 떠나서 이 차가운 세상에 눈 돌리지 않는 거. 거기서 우리 둘이 따뜻하게 얼어가는 거. 그래서였는지 정신을 차리고 보니 유튜브에서 본 북극 얘기를 너에게 퍼붓고 있는 나를 발견했다. 나는 멈추지 않고 계속 말을 이어갔다. "심지어 북극에선 겨울밤에 사람들이 폴라 나이트 블루스라는 것도 겪는다잖아. 끝없는 어둠에 갇혀서 하루가 뭐고, 밤이 뭐고, 다 잃어버리게 되는 거지. 불안하고, 가끔은 미친 것 같기도 하고. 근데 그게 좋지 않아? 우린 그렇게 눈 속에 파묻혀 아무도 모르게 조용히, 영원히… 그냥 가라앉는 거야."

너는 행복에 꽤나 현실적이었나보다. 돌아온 대답은 북극까지는 돈이 많이 들어간다고, 결국 돈이 문제였다. 나를 지금까지 괴롭게 해왔던 녀석은 언제까지 나의 발목을 붙잡고 놓아 주지 않을지. 겨울이 다가오고 있지만, 차가워진 바람보다도 살을 깊게 파고드는 것은 결국 돈이었다. 이제야 모든 것을 내려놓고 너와 저 멀리 어딘가로 사라져버릴 수 있었는데, 그렇게 아무도, 저 숫자들마저 나를 찾을 수 없을 텐데, 내 삶에 숫자 대신 따뜻한 첫눈의 추억 한 장만이 남았을 것을, 그걸 위해서 녀석에게 다시 또 고개를 숙여야만, 아니 고개를 숙여도 가지지 못할 사진 한 장이라는 것이 두어 달 남짓밖에 남지 않은 첫눈이 처음으로 미워졌다.

또 하나 바뀐 것은 돈만이 우릴 가로막는 게 아니었다는 것이다. 이후의 너와의 전화에서는 너와 나의 이야기가 아니라 너의 이야기들이 많아졌다. 처음에는 알바하다가 깬 접시로 점장에게 크게 혼났던 이야기, 손님에게 욕을 먹고 집에 가던 골목에서 울었던 이야기, 또 마지막에는 그 바보 같은 설움으로 끝나던 이야기들이 어느새 새로 온 알바생이 너무 웃기다거니, 학교 후배가 너무 귀엽다디니 하는 이야기들로 바뀌어 갈 때쯤 우리가 가기로 한 설원은, 같이 묻히기로 약속한 그 만년설은, 그렇게 조금씩 움직이며, 변하며, 비가 될 준비를 하고 있었다.

비가 된다니, 우리 첫눈이 오면 꼭 같이 떠나기로 했잖아. 우리 바빴지만, 곧 멀리 떠나기 위한 준비

였잖아. 네가 내게 가르쳐준 꿈이었잖아.

첫눈을 보지 못할 것이라는 것을 어렴풋이 알았던
걸까? 그래서 네가 감히 안겨 준 열 달에 대한 떨림
은 불안이었을까? 애써 바라보기 싫어 지어보였던
미소였을까?

'고객님께서 전화를 받을 수 없습니다. 잠시 후 다
시 전화해 주시기 바랍니다.'

분명 똑같은 기계음인데도, 이번에는 왠지 눈물이
흐른다. 분명 똑같은 전화 미수신 안내메시지임에
도 마음 한쪽이 콱하고 막혀온다. 문득 북극의 겨
울밤 다큐멘터리가 생각났다. 떠오르지 않는 태양
아래 그곳의 사람들은 수백 번의 첫눈을 기다리지
만, 누구도 그 순간을 보지 못한 채, 차가운 어둠 속
을 서성이며 어딘가 그리워할 대상조차 없는 눈밭
을 걷는다고 했다. 저 차디찬 밤하늘의 끝, 영원한
어둠 속으로 스러져간 빛처럼.

그때 깨달았다. 우리가 함께 첫눈을 보기로 한 약

속은, 어쩌면 처음부터 이루어질 수 없는 것이었는지도 모른다고. 어쩌면 네가 안겨주었던 모든 순간들이, 한참 뒤에야 곱씹어볼 수밖에 없는 추억으로 남을 것이었다는 걸.

첫눈이 오면 언젠가 너와 떠나기로 한 설원은 이제 영원히 닿을 수 없는 그 겨울밤 어딘가에 묻혀 있다. 하지만 그 밤이 얼마나 깊어지든, 네가 내게 남긴 순간들은 설원처럼 내 마음속에 차갑게, 그리고 선명하게 쌓여가겠지.

바람이 흩날리며 들썩이는 나무들, 그리고 저 멀리 어둠 속에 잠긴 길 위로 다가올 겨울이 이미 와 있는 듯했다. 북극의 눈들은 어느 해의 첫눈이었고, 또 다음 해의 첫눈으로 쌓여갔다. 모두가 첫눈을 기다리며 설레던 순간들을 어딘가 품고, 끝없이 쌓이고 녹아들며 무겁게 내려앉았겠지.

그렇게 우리의 첫눈도, 떠날 수 없는 길 위에 쌓이고 말았다. 끝내 함께하지 못한 약속이지만, 그 추억은 내 마음 어딘가에 희미하게 녹아들어 언젠가 무겁게 쌓이겠지.

눈 속에 파묻혀 갈 길을 잃어도, 나는 이제 그리 아
프지 않았다.

첫눈이 내린다. 언젠간 녹아 없어질 것이, 누구의
기억 속에도 머무르지 못한 채로 그렇게 또다시.

겨울의 약속

처음에 그건 하얗다고 했다
너무나 하얗고 부드러워서
두 손 가득 담고 싶었다

또, 이건 매우 차갑다고 했다
차갑고 차가워 붙잡으려 할수록
다시 만날 날을 기대하며 사라진다고

그럼에도 정말 따뜻하다고 했다
그래서 함께할수록
두 볼도, 두 손도 모두 발갛게 물든다고

마지막으로 이건 한순간이라고 했다
그래서 소중히 간직해야 한다고
갑작스레 온 후, 서둘러 갈 채비를 하기에
이들과의 매 순간을 온전히 기억하기로

하얀 빛

하늘에서 내려오는 하얀 등불이
세상을 감싼다.

온 세상이 밝은 빛으로 물든다.

하늘에서 첫눈이 내리면
내 마음에도 낭만이 내린다.

첫눈 한 송이

겨울을 그리는 아이는
첫눈과의 눈 맞춤을 그리고
한 송이의 첫눈을 손에 꼭 쥐었다.

한 송이 두 송이 떨어지는 첫눈은
한 송이 두 송이 피어나는 꽃일지도 모른다.

첫눈 한 송이는
첫 만남의 설렘

그리고
순백의 순수함이었을까.

네가 내 첫눈이었다

올해도 하얗고 시린 계절이 찾아왔어. 곧 올해 첫
눈이 내리겠지. 이즈음 떠오르는 사람이 하나 있어.
있지, 나에게 있어 첫눈은 너와 맞은 그 눈과 같다
고 생각해.

그 애와 알고 지낸 기간은 불과 반년도 채 되지 않
은 3개월. 그중 만난 횟수는 3번뿐이었다. 전 세계
적으로 난리가 난 팬데믹이 발생했었지? 사람을
한창 좋아하던 시기였던 난 사람을 만나고 다니다
전염병에 걸렸어. 근데 너무 답답하더라고, 사람을
못 만난다는 게. 그래서 부끄럽지만, 사람과 연락하
는 어플을 시작했어. 그래, 너랑 만난 바로 그 익명
채팅방 말이야.

솔직히 이런 건 그때가 버디버디 익명 제외하고 처

음이다시피 해서 많이 낯설더라. 그래도 뭐 그냥 친구들이랑 대화하듯 얘기했는데 모임이 생기고 단톡이 만들어지더라? 신기했어. 여기에도 모임이 란 게 생길 수가 있는 거구나. 근데 익명이라 그런 지 되게 원색적이고 원초적인 대화가 오가는 게 그렇게 흥미로울 수가 없더라. 처음에 재밌었어. 그냥 다들 얼굴만 모르지 그냥 별 얘기를 다 하는 오래된 친구 같았거든. 그래, 그때는 그랬어, 너와 만나기 전까지는 말이야.

채팅에서 알게 된 지 한 달 정도 됐을 때, 갑자기 네가 개인적으로 연락하자고 하더라고. 그래서 SNS 아이디를 주고받았지? 너는 연애를 하고 있다고 했어. 세상에, 너 여자 친구가 있는데 나랑 연락해도 괜찮아? 내 질문에 넌 그래야 더 스릴 있고 더 설렌단 말을 하더라. 처음에 솔직히 이해를 못 했는데, 서로 며칠 더 이야기를 나누다 보니 우리 닮은 면이 있더라고. 말하는 것마다 재미있던 너, 재밌고 흥미 있는, 도파민에 중독된 나는 너에게 속

수무책으로 끌리기 시작했어.

때마침 너는 여자친구와 사이가 멀어졌지. 네가 어
플을 통해서 여자와 만나고 다닌 걸 네 여친에게
걸렸으니까. 나는 네가 오래 만난, 그리고 네가 무
척이나 사랑한다는 여자를 두고도 다른 여자한테
눈을 돌리는 사람이란 걸 잘 알고 있었어. 모를 리
가 있나, 눈을 돌린 다른 여자 중 하나가 나였는데.
그럼에도 어쩔 수 없었어. 그저 목소리와 카톡 어
투만으로도 사람에게 반할 수 있다는 걸 알게 해
준 사람이 너였어. 그리고 그해 한창 세상이 붉고
노란빛으로 물들어 갈 즈음, 너와 처음 만나게 된
거야. 우리 집에서 그리 멀리 떨어지지 않은 번화
가에서.

세상에! 처음에 솔직히 많이 놀랐어. 나는 네가 좀
더 작고 왜소한, 그냥 그런 시시한 남자앤 줄 알았
거든. 근데 넌 생각보다, 아니 객관적으로 봤을 때
키가 크고 운동을 오래 해 이쁜 몸을 가진 남자더

라. 얼굴도 무쌍에 살짝 그을린 얼굴, 웃을 때 살짝 보이는 귀엽게 난 덧니가 매력적인. 같이 술을 마시는데 얼마나 떨리던지!

"생각보다 더 여성스러운데? 거기에서는 완전 상여자라서 나는 그런 사람인 줄 알았잖아."

귀엽다며 다정하게 부르는 넌 그날 바로 내 몸과 마음의 주인이 되었지. 실제 상여자나 다름없던 말투가 고쳐지고, 남에게 휘둘리기 싫어하는 성격이 주인만을 바라보는 온순한 강아지처럼 바뀌었으니까. 아, 이래서였구나? 여자친구가 있다는 걸 알면서도 널 만나려고 노력했던 여자들의 마음을 알게 되는 순간이었어. 이날을 기점으로 나는 그 사람에게 더더욱 이쁨받고 싶어 하는 여자 중 하나가 되었어. 거즘 노예라고 해도 이상하지 않을 정도로 헌신적으로 노력하는.

"영아, 오늘 하루 어땠어?"

나를 부르는 다정한 목소리를 놓치기 싫어서. 평생을 함께하고 싶어 하는 여자친구는 따로 있다는 걸 알면서도. 그저 세컨드가 되더라도 행복할 줄 알았어.

"누나, 나 이날은 여자 친구랑 같이하기로 했어."

"누나, 여자친구가 진짜 이번이 마지막이래. 이번에 정리 안 하면 이제 끝이래. 나 이제 누나랑 못 만날 거 같아. 그냥 우리 친구로 지내자."

결국 여자친구가 우리 사이를 알게 되었을 때, 걔는 당연하다는 듯이 가차 없이 내게 선을 긋더라. 심장 한쪽이 칼날에 베인 거처럼 시리고 쓰렸어. 너무 마음이 아파서 그날은 온종일 눈물만 흘려보냈어. 정말 아무것도 할 수가 없더라. 그럴 생각이 아니었는데도 자꾸만 눈물에 눈앞이 가려져서. 이러다 못 살 거 같단 생각에 그냥 연락만 끊지 말자는 말밖에 할 수가 없었어.

그리고 제 버릇 남 못 준다는 속담답게 또 다른 여자가 걸린 모양이더라. 여자친구랑 멀어지니 또다시 나에게도 연락이 자주 오더라고.

"누나, 우리 또 만날까? 나 누나가 너무 보고 싶은데."

너의 '보고 싶다'는 말에 나는 기다렸다는 듯이 기쁜 마음으로 대답했어. 그렇게 우리는 너의 동네 근처에서 만나기로 했지. 그날은 처음 네가 나를 버리려던 순간만큼이나 시리고 차갑던 날이었어.

무척이나 추운데도 이쁘게 보이고 싶어서 얇고 가볍게 입고 덜덜 떨며 너를 기다렸지. 너는 그런 나를 기다렸다는 듯이 차에 태우고, '이쁘다'고 말하며 부드럽게 나를 어루만져줬어. 그 손길만을 기다렸던 나는 3일은 굶은 사람마냥 사랑받길 원했지. 너는 분명 그런 나를 알고 있었어.

그날은 네가 야경이 이쁘다며 네 모교에 데리고 갔지. 멀리서 보이는 불빛이 네 눈에 비쳐 더 반짝이는 게 보였어.

"누나 왜 날 그렇게 봐. 내가 그렇게 잘생겼어?"

"어."

"누나 생긴 거만 귀여운 게 아니라 보는 눈도 높구나?"

능청스럽게 굴던 너. 내가 무슨 말을 해도 하나도 당황하지 않던 네 표정이 바뀐 건 전화 한 통화 때문이었어.

또롱또롱또로롱-

둥근 게 굴러가는 듯한 느낌의 음악 소리. 너의 벨
소리였어. 언제나 장난스럽게 웃던 네 얼굴이 굳더
라고. 어, 그래. 그건 네 여자친구의 전화였어.

"누나 잠깐만."

딱딱하게 굳은 채로 멀리 가 전화를 받던 네 모습.
잘 들리지 않았음에도 알 수 있었어. 여자친구가
바로 지금, 이 순간 너를 부르고 있었던 거야. 저 멀
리서도 난처해하는 모습이 보이더라라. 너에게는
잠깐의, 그리고 내게는 천겁의, 시간이 흐른 뒤 너
는 쭈뼛거리며 내게 다가왔어.

"누나, 미안한데."

"괜찮아. 가야 하는 거지? 괜찮아. 먼저 가."

"아니 그래도 데려다줘야지. 누나 여기서 3시간은
넘게 가야 하잖아."

"아니 괜찮아. 여자친구가 부른 거잖아. 그렇지?"

내 말에 너는 내 앞에서 처음으로 당황한 기색을

보이더라. 그래, 네 다양한 모습을 볼 수 있는 건 모두 네 여친 덕이구나. 이 생각이 드니까 이제 끝내야겠다는 생각이 들더라고. 나는 영원히 네 여친보다 못할, 네게 있어 수많은 세컨 중 하나밖에 못 될 거란 생각이 들었거든.

그때 하늘에서 눈 한 송이가 그 애의 어깨로 떨어졌어. 그 해의 첫눈이었지. 미안해하던 너의 눈빛, 당황해 잔뜩 굳은 네 얼굴, 행동 모두 그렇게 차를 타고 내리는 눈 사이로 사라졌어. 모든 걸 끝낸 지금도 눈이 내리면 매년 네 생각이 나. 보기에 예쁘고 아름답지만, 사람 온기에 바로 사르르 사라져 버리는 첫 눈송이. 내게 있어 첫눈은 바로 너였어.

내 마음에 첫눈이던 너

첫눈이 와요
하얀 눈이 가득 내려요.

그러면
창가에 앉아
따뜻한 차를 한잔 내려요

내 옆에 네가 있고
서로 웃을 수 있는 하루에
하얀 눈꽃으로 머물고픈

너와의 그 시간 그 하루
내가 제일 좋아하는 계절 속
내 세상이 되어

변하지 않는 색에 담아
사라지지 않을 품으로

너는
그렇게
사랑이란 말속에
첫눈처럼 나에게 내려앉아요

너의 흔적

콧등이 스산한 계절에
나에게 찾아와준 너
너무 기쁜 마음에
두 팔 벌려 너를 안으려 했지.
너를 보면
아이들 마냥 설레어지고
맨발로 뛰어나가고 싶은
내 맘 넌 알고 있었니.
너를 만지면
예술가가 된 듯
뭐든지 뚝딱 만들 수 있게
자신감을 만들어 주는 너
고마워.

너를 보고 있으면

온 도시가 백색으로 물들어 있는

너만의 궁전에서

주인공이 된 듯

여기저기 둘러보며 아우성을 지르고 있어.

네가 만든 세상에

내가 왔다 간다고 흔적을 남기며

홀연히 떠난다.

없어질 흔적 잠시나마 기억해 줘

너로 인해 많은 걸 얻고 떠난다고.

눈꽃이 피던 어느 날

지친 하루의 끝
웃어 보이며 마주했던 어제
이제 보이지 않는 봄의 향기
하얀 눈꽃에 돌아오는 기억
시들어 가던 마음
다시 깃드는 너

그날의 너의 기억에 젖어버린다.

거리 위 삭막함 위축되어 버린 나
겨울에 핀 가시 돋친 장미
상처 입은 마음

그 길 가운데 우두하니
서시 긴 침묵 속
신호등의 빨간 불만 바라본다.
가시에 찔려 다칠까
초조함만 더해 간 시간

그사이 떨어진 눈꽃 하나
바라본 하늘

삭막함은 어느새 사라지고,
세상이 눈꽃으로 물들어갈 때
발그레한 볼 밝게 웃던
건널목 반대편 마주한 너

밤거리 따스한 햇살
눈꽃과 함께했던 너

하나도 바랄 것이 없었던 나

첫눈

지친 몸 이끌고
걸어가는 이 거리 위
하늘하늘 떨어진 너

어쩌면 지친 나를 위로하는
하늘의 눈물은 아닐까
위로의 손길이 닿는다.

외롭고 쓸쓸한 계절
춥고 긴 어둠을 비추는
하나의 온기로 가득
너의 위로에 맺힌
눈물 한 방울

세상의 아름다움에 취해
디시 한번 웃어본다.

너의 위로로
다시 한번 발길을
옮겨본다.

첫눈

매년 이맘때

첫눈에 반한다

첫눈이 오면 나의 소원은

펑펑 내리지 않아도 몇 송이 흩날려도
좋습니다.

눈꽃이 피지 않아도 금방 녹아도
좋습니다.

다만, 나의 소원은

차가운 눈송이에
그대의 손이
얼어붙지 않기를 바라요.

하늘의 눈송이가 땅에 닿을 동안

그대의 마음이
오롯이 나를 향하길 바라요.

고요하게 내리는 첫눈에
나의 심장 소리만
그대에게 들리길 바라요.

내년에도 첫눈이 오겠죠.
그때도 꼭 들어주세요.
나의 소원을

첫눈이 모여 추억이 되었다

눈의 발자국

바라만 보고 있기 때문에
디지털 세상의 날씨는 겨울
누적만이 모두인 것 같지만
결국은 지워질 운명 속

떠오르는 첫 글조차
처음을 상실한 지 오래인
하얀, 정오만이 비추는 세상
속에서 남는 것은 발자국

그래서 창밖에는 첫눈이 내리고
발자국은 이내 덮일지라도
흐릿하게나마 남으려는 걸까

핸드폰 화면에 보이는 첫 글
아래로는 감감무소식인 난
처음이자 마지막일지도 몰라
또다시 처음과 끝을 남긴다

앱의 이름은 snow
화면 안은 바깥의 축소판
그렇기에 처음일 수 있으리라

눈, 웃음

처음으로 맞이한 기억이었다
누구 하나 울지 않았기에
어머니는 운전대에서 우셨고
전화기는 달아오른 지 오래

목적지서 피어오른 아지랑이는
빈, 고인의 무게를 짊어졌음에도
염원하는 곳에 도달했는지
그날은 기상청의 말대로 첫눈

안부를 묻는 말 뒤로 내리는
서울의 첫눈이 품은 것은
마지막 자글자글함을 벤 미소

두 겹의 유리가 없는 지금
나는 그 순간을 나눈 누군가와
술잔을 기울이며 묻고 싶다

지금도 서울의 첫눈에는 웃음이 있는지
그때의 자글자글함도 여전한지
너는 그때처럼 이들을 볼 수 있는지

추억

어떤 추억에 사로잡혀 있나요

여러분은 어떤 추억에 사로잡혀 있나요?

학창 시절의 추억은 거의 없고, 다른 추억들도 좋은 추억보다는 안 좋았던 추억들이 대부분이라 손꼽히는 몇몇 좋은 추억들만 붙들고 사는 느낌이랄까...

그럼에도 불구하고 젊은 날엔 만남으로 함께 쌓아가는 추억들이 좋았다면
추억은 만남보다 이별에 남아 라는 노래 제목처럼 지금의 나는 추억이라는 것을 만남으로 만들거나 쌓아가는 것보다 이별한 후에 또는 어떠한 상황이나 사정으로 인해 더 이상 함께 추억을 쌓아가지 못하는 지금 지난날들의 아쉬움과 그리움이라는 추억에 사로잡혀 살아가는 날들이 더 많은 듯하다.

그 겨울의 추억

몇 해가 지난 지금도 그녀와 함께한
그 겨울의 추억은 내게 아직도 생생하다.

아픈 몸을 부여잡고 그녀를 꼭 만나고 말겠다는 일
념 하나로 강남역 거리로 향하던 그 시간이 얼마나
멀게만 느껴지던지...

강남역 행사장 근처를 서성거리다 용기 내어 다가
가 편지를 건네었을 때의 따뜻한 미소로 나를 바라
보며 내게 어디서 왔냐고 물어봐 주는 것만으로도
얼어붙은 내 마음은 순식간에 그녀의 온기로 가득
했었고, 날이 많이 춥다고 패딩 점퍼를 다시 여미
어주던 그 손길이 너무 따뜻해서 하마터면 울 뻔했

던 그 겨울의 그 순간이 난 아직도 생생하다.

그 겨울 그녀와 함께했었던 그 순간만큼은 내게 추운 겨울이 아닌 포근한 겨울이었고, 산타가 처음으로 내게 주는 선물 같은 날이었고, 너무 짧았던 시간이었지만, 그 겨울의 그녀와의 추억은 내게 꿈같은 하루였고, 그녀와 마주하는 그 순간의 설렜던 마음과 떨림만으로도 잊지 못할 추억이 되기엔 충분했다.

그녀와 함께한 순간들은 너무나도 짧았지만, 내게는 추억을 넘어 살아가는 힘이 되고 있으므로 나는 지금도 종종 그런 생각을 한다.

그 겨울의 추억을 다시 한번만 더 고스란히 느낄수 있는 그런 날이 내게 다시 왔으면 좋겠다고....

피로 물든 추억

피로 물든 추억, 그 음울한 여운,
어둠 속에 잠재된 상처의 흔적,
시간의 흐름에 찢긴 기억들은
붉은 잿빛으로 남아 혼을 감싸네.

바람이 숨사이는 슬픈 찬가,
그리움의 첨예함에 베여
갈기갈기 찢긴 심장은
갈급한 반성과 후회의 시선을 던지네.

기억의 그늘 아래,
혼의 깊은 곳에서 울려 퍼지는
피로 물든 추억, 잊을 수 없는 회상.

육체의 그림자에 가려진

심장 한편에 머무르고 있는

주인 모를 기억의 편린.

그대, 한 장

사진 한 장 위에
너의 모습을 그려낸다

지금의 설렘과
사랑이 느껴지는 추억을
담는 곳

네가 있는 곳에
날아온 꽃잎 따라

너와 나
둘이서 새기자

작은 책방

지나가다 보게 된 작은 책방
고유의 책 냄새가
코끝에 배어 잊혀지지 않는다
무심코 고른 책 한 권이
주는 너의 위로가
보고파 너를 찾게 되네
책을 펼쳐보던 시절이 생각나
정이 들었는지...
나의 삶 속에 설레이는
마음이 가득하다

죄책의 외면

사랑에 담긴 바다는 꺼내어볼 수도 없어
그 깊이 따스한 그 바다가, 그렇게 많은 사랑이 담
겼는데.
그렇게 사랑이 담긴 바닷속, 그 깊이 추운 그 안심과.

추억이 남긴 나날들은
기어에 담긴 슬프게도
나는 여전히 어떻게든 뱉으려 하겠지.
하지만 게워 내고 싶을걸

꾹꾹 눌러 담은 숨기고만 싶은 마음들을 막아도
꼭꼭 게워 내고 싶지 않은 단어들을 먹어버려도
나는 여전히 어떻게든 뱉으려 하겠지.
그래 게워 내고 싶을 거야.

기도가 울려 퍼지는 녹아가는 여름에
기도가 울려 퍼진다는 동사하는 겨울에
게워 내는 한탄을 보는 추억에 눈을 감고는
외쳐보면...

허나 부질없거늘.
하니, 이미 지나간 부질에 없음을
내 단어 좀 보시 라우-,
봐주시라오-.
녹아가는 눈동자에, 동사하는 가슴들에.
슬금슬금 도망칠까. 슬쩍슬쩍 돌아보자.
쬐어지는 그들 속에, 아파지는 자신 속에.
다가오는 추억이란 죄책은. 외면하고 또 외면해 보자.

약속

안쪽 작은방 문이 열리자마자,

엄청 빠른 속도로 달려들었다.

작고 마른 연약해 보이는 몸이었지만,

한눈에 봐도 온몸으로 기뻐하고 있었다.

나는 아직도 그날은 기억이 선하다.

두 시간을 걸려 도착한 곳에는,

어디로 데려갈지도 모른 채

그저 신이 난 강아지 한 마리만 보였다.

처음 차를 타는 거라 안절부절못하며 어쩔 줄을 몰

라 했지만,

울지는 않았다.

차에서 내리자 또 그새 신이 났다.

보리는 당시 8개월이었다.

그리고 8년이 지났다.

작은 공이 구르기만 해도 신이 났던 보리는

이제 예전만큼은 신이 나지 않는다.

귀찮은 것도 제법 생겼고,

싫은 것도 생겼다.

하지만,

여전히 좋아하는 것도 있다.

보리는 눈을 좋아한다.

눈이 오던 날 산책을 나가면 일부러 가장자리에 쌓

인 눈을 밟으며 지나간다.

눈을 밟았을 때 시원한 촉감이 좋았던 걸까?

우리는 매년 첫눈이 오는 날이면,

무슨 일이 있어도 산책을 나간다.

우리의 추억이자 약속이다.

나의 전부였던 너에게

시간이 지나 너의 빈자리가 느껴져
나에게는 너와의 시간들이 전부였는데
내 마음에서 계속 맴돌고 있는
너의 빈자리에 마음이 아프다.

기억의 조각들 사이 속
마음에 그려놓은 그림들이
흐르는 세월 속에 추억이 되었어
떨리는 마음으로 널 처음 만났던
지난날 추억은 고마웠다 말할 수 있어

추억은 바람이 되겠지 어디든 갈 수 있으니
계절의 바람들에게 전해 달라고 할까

너의 모습이 생각이 난다고
나의 마음이 짧아서 널 잡지 못했다고

나의 사랑은 가슴에 추억으로 담아서
거짓 없는 너의 사랑을 이해하지 못해서
오늘도 여전히 너를 추억 속에서 찾고 있어
너의 뒷모습까지도 너의 향기도
너와의 추억 속에 남겨진 그날도

외갓집

어릴 적 나는 차멀미가 심했다. 귀에 붙이는 멀미
약이든 먹는 멀미약이든 소용이 없었다. 그랬기
에 버스를 몇 번이나 갈아타야 갈 수 있는 외할머
니 집은 고난의 연속이었다. 집에서 고속버스가 있
는 곳까지 30분, 고속버스에서 마산시까지 몇 시
간, 마산시에서 다시 읍으로 들어가서 한 시간, 그
곳 마을버스를 타고 또 30분. 버스를 타고 내려 걸
어서 또 한참 가서야 겨우 외갓집에 도착할 수 있
었다. 논두렁밖에 없는 동네에 집은 몇 채 되지 않
았다.

항상 우리 집이 매일 마지막이었다. 이미 외할머
니 집에는 엄마의 형제, 자매들로 가득 차서 잘 곳이
있을까 의문일 정도로 사람들로 북적인다. 나는 존

재감이 없는 손녀였다. 그런 나를 챙겨주는 사람은 외할머니였다. 할머니는 다른 손녀, 손자와 다르게 혼자 뚝 떨어져 있는 내가 늘 신경 쓰였는지 항상 눈으로 보시고 다가와 주었다.

"할머니, 이 짚은 뭐야?"

"소여물이지."

"여물이 뭐야?"

"소가 먹는 밥."

도시에 살 때는 본 적 없는 시골의 풍경은 궁금한 것투성이였다. 한쪽 눈이 없는 외할아버지는 은근히 다가와 홍시 하나를 내밀고는 아무 일도 없었다는 듯이 밖으로 나가신다. 외할아버지께서 준 홍시는 유난히 주황빛에 크고 달았다.

북적거리는 방안을 살짝 훔쳐보고, 외할아버지를 따라 문을 나섰다. 멀미로 정신없이 올 때는 미처 보지 못한 노란 벼들 사이로 뭔가가 폴짝폴짝 뛰어다닌다. 뭔가 싶어 바라보니 아주 작은 청개구리다. 동화책에서 보는 것보다 더 작다. 노란 벼 사이에 숨어서 긴 더듬이를 분주하게 움직이는 메뚜기도 보인다. 시골에서만 맡을 수 있는 흙냄새가 좋아 코를 킁킁거리고 있으면 '훅'하고 들어오는 소똥 냄새에 코를 막았다. 언제부터 보고 있었는지 외할 아버지가 웃는 소리가 들린다.

"외할아버지, 어디가?"

"저기, 냇가에 간다."

외할아버지 뒤를 졸졸 쫓아 냇가로 가면 지금에야 아는 야생화 고마리가 한가득 피어있다. 그 사이로 바쁘게 움직이는 물잠자리를 보고 있으면 외할아 버지가 다가와 다슬기를 보여주었다.

"잡아 볼래?"

"어딨어?"

외할아버지가 바지와 팔을 올려주어 물속에 발을 담근다. 차가운 물에 살짝 놀라 외할아버지 옆에 붙었다. 외할아버지가 웃더니 돌 위에 붙은 다슬기 를 가리킨다. 손을 쑥 집어넣어 들어 외할아버지가 들고 있는 통에 담았다.

"요리 작은 건 빼고, 큰 것만 잡아라."

"응."

어느새 다슬기 잡는 재미에 빠져 물이 차갑다는 것도 잊었다. 외할아버지가 가지고 있는 통에 다슬기가 가득해졌다.

"가자."

"응."

바지가 젖은 것도 몰랐다. 외할아버지가 외투를 벗어 내게 입혀주었다. 외할아버지 옷에서 소똥 냄새가 났다. 그런데 싫지 않았다. 돌돌 만 팔에 작은 손을 잡은 외할아버지는 담벼락 사이에 핀 골드메리를 하나 꺾어 내 머리에 꽂아주었다.

"예쁘네."

"예뻐?"

"그래, 예쁘다."

외할아버지의 손을 잡고 걸어오는 길에 메뚜기 한 마리가 폴짝 뛰어 이쪽 논에서 저쪽 논으로 옮겨갔다. 신기함에 저쪽 논에 메뚜기를 찾아보았다. 이미

제 갈 길 가버린 메뚜기가 보이기가 만무하다. 외
할아버지가 그런 나를 보며 웃었다.

"메뚜기 잡아줄까?"

"어? 아니."

보는 건 좋았지만, 잡고 싶지는 않았다. 물리면 어쩌
나 걱정도 되었다. 그때 시골 밤에 소리가 들린다.

"벌레가 우는 소리다. 벼들이 서로 부딪히는 소리
도 들리는구나. 바람 소리다."

내가 궁금해한다는 건 어떻게 아셨는지 외할아버지
가 알려주었다. 사람 소리 하나 없는 시골 밤은 다
양한 소리를 담고 있었다. 눈을 감고 소리에 집중했
다. 어린 내게 악기처럼 들렸고, 음악처럼 들렸다.

"가자."

"응."

외할아버지의 소리에 뜬 눈에 하늘이 보였다.

"와."

"넘어지겠다."

커다란 외할아버지의 등에서 바라본 하늘은 예뻤

다. 하얀 별과 파란 하늘이 보석같이 보였다. 그때 외할아버지가 걷는 것을 멈췄다. 그런데 올려다본 하늘은 여전히 움직이고 있었다.

"신기하지?"

"응. 신기해."

외할아버지와 집에 돌아와 옷을 갈아입었다. 저녁을 먹는 동안 엄마는 말도 없이 나갔다며 화를 냈다.

"나한테 말하고 나갔는데, 내가 잊었다."

외할머니의 변명에도 엄마는 표정을 풀지 않았다. 늦은 저녁, 한 방에 몰린 방에는 언니, 오빠들이 다 있었다. 잠이 오지 않아 밖을 보았다. 외할아버지가 마당 한 가운데 있는 커다란 평상에 이불을 깔고 모기장을 펼치고 있었다. 베개를 가지고 나와 외할 아버지 옆에 누웠다.

"추울낀데."

"괜찮아."

외할머니가 나를 발견하고, 두꺼운 이불을 하나 가져와 덮어주었다.

"안 춥나?"

"응."

"할아버지, 꽃 잃어버렸어."

"괜찮다. 밖에 많다."

외할아버지 옆에 누워 하늘을 보았다. 역시 하늘은 움직이고 있었다. 아주 천천히 말이다.

"예쁘제?"

"응. 예뻐."

"이게 다 추억이다. 다 크면 내는 잊어도 할아비하고 본 것들은 기억하래이."

"나는 할아버지두 기억할 거데."

"그래. 그래 주면 고맙지."외할아버지가 웃었다. 외할아버지 품에서 잠든 그날 시골 밤이 외할아버지와의 마지막 추억이 되었다. 그 후로 외할아버지는 서울 큰 병원에서 치료받다가 돌아가셨다. 외할아버지를 기억하려고 노력해도 도통 기억이 나지 않는다. 한쪽 눈이 없었던 외할아버지였기에 외할아버지와의 외출은 나만의 특권이었다. 다른 언니, 오빠, 동생들은 외할아버지가 무섭다고 가지 않았기 때문이다. 영정 사진 속에 외할아버지는 양쪽 눈이 다 있었다. 그래서 낯설다. 나의 추억 속에 외할아버지와 달라서 보면 볼수록 모르겠다.

"와?"

"할머니, 할아버지 아닌 것 같아."

"글나?"

"응."

외할머니는 외할아버지의 영정 사진을 옷소매로 닦으셨다.

"평생소원이었는데, 죽어서라도 풀어줘야지."

장례식 내내 울지 않던 외할머니는 외할아버지 없이 홀로 그 시골집을 지켰다. 여전히 친척들과 어울리지 않는 나에게 외할아버지 대신에 홍시를 가져다주었다.

"와, 나가고 싶나? 할미는 다리가 아파서 멀리 못 가는 데, 우짜지?"

"나 혼자 갈 수 있어."

"진짜?"

"나도 이제 학교 다니거든."

"멀리 가지 마래이. 그러다 길 잃으면 집에 못 온다."

"응."

용감하게 나선 길은 낯설었다. 길을 따라다닌 게 아니라 외할아버지 신발 뒤꿈치를 보고 다녔다는 것을 알았다. 어찌 세 갈래 길이 있는 곳까지 왔다. 그런데 아무리 기억해 내려 해도 기억 나지 않았다. 그저 외할아버지가 한 말만 생각났다.

"이리로 가면 저 짝 산에 가는 길이고, 이리로 가면 읍내 가는 길이니까 니 혼자 절대 가면 안 된다."

대답은 늘 했지만, 이리가 이리 같고, 저리가 이리 같은 게 헷갈렸다. 이러다 집에 가는 길도 헷갈릴 것 같아 돌아섰다. 그런데 진짜 어디로 가야 할지 몰랐다. 내 눈엔 모두 똑같은 길이었다.

"어디로 가야 하지?"

아무도 없는 시골길 한복판에서 길을 잃었다. 외할아버지가 있을 때는 시골 밤에 소리가 음악처럼 들렸는데, 지금은 공포였다. 그때 멀리서 외할머니 소리가 들렸다. 걷지도 뛰지도 않는 잰걸음으로 오신 외할머니는 길 한복판에서 울다시피 서 있는 나를 보더니 크게 한숨을 쉬었다.

"다행이다. 다행이야. 내가 안 그래도 요기서 네가 길을 잃을 것 같더라."

외할머니와 손을 잡고 집으로 왔다. 소여물이 한가득 쌓여 있는 집 모퉁이에 앉아 있었다. 그때 옆에 있는 감나무가 보였다. 소여물 꼭대기로 가면 손을 닿을 위치에 빨간 홍시가 먹고 싶어 천천히 올라갔다. 드디어 닿은 홍시를 먹으면서 외할아버지가 생각나 울어버렸다. 외할아버지 등에서 보던 하늘이 그리웠다. 올려다본 하늘은 여전히 흐르고 있었지만, 외할아버지의 등에서 보던 하늘과 달랐다. 실망감에 고개를 숙이다 보았다. 좀 전에 내가 헤매던 세 갈래 길이 말이다. 고작 외할아버지 집 모퉁이를 한번 돌고, 두 번 도는 짧은 거리도 기억 못 하는 어린애였다. 외할아버지가 마지막에 한 말이 기억

났다.

"내는 잊어도 할아비와 본 것들은 기억하래이."

이제야 진심으로 말할 수 있었다.

"응, 할아버지. 내가 어른이 되어도 꼭 기억할게."

지금 나는 결혼을 앞두고 있다. 그때 부모님과 함께 갔던 외갓집은 주인이 없는 채 1년을 버티다 현대식 건물로 바뀌었다. 당연히 소여물도 감나무도 없다. 외할아버지와 외할머니를 추억할 장소는 어디에도 없다. 외할아버지와 나와 둘만 알던 장소는 찾을 길이 없고, 내게 남은 것은 어린 시절부터 내가 가지고 지키고 있는 추억뿐이다. 이 추억만큼은 절대 지워지지 않고, 영원히 남아 그때의 시간을 기억할 것이다.

불꽃놀이

하늘에 불꽃을 수놓다

터지는 불꽃 소리에 맞추어
너의 손을 더 꽉 쥔다

터지는 불꽃과
터지지 않는 불꽃 사이에
다시 너를 안는다

추억을 손에 쥐고

살아가면서 꼭 하나

나만의 비밀스러운 장소로 만들어놓고

계절마다 추억을 같이하며

지금까지도 아껴두곤 하지.

눈꽃처럼 날려 드는 벚꽃을 눈에 담았고

뜨겁지만 잇지 못할 바다에 발을 담그고

잡아둘 수 없을 만큼 발그레한 사랑도 하며

너무 춥지 않은 눈을 맞기도 하면서 말이야...

단 한 번도 거르지 않고

해마다 찾아갔던 이유를 생각해 보면

상처 난 마음에도... 피곤한 매일에도...

진심 있는 위로가 되었던 그곳이

나에겐 고마운 마음만 남아 있더라고.

아마도 내 마음을 잘 알아주며

지난 추억들로 함께해서 그랬던 것 같아.

누구나 겪을 수 있는

나름의 어려움들은 많을 거야.

많다고 해서... 어렵다고 해서...

막다른 골목에 다다른 듯 생각하지 말고

겹겹이 쌓아 올린 정성과 시간을

천천히 손에 쥐며 해내다 보면

마음껏 해보고 그만두는 거니까

마음에겐 조금 덜 미안해지고

불편도 조금은 감수할 수 있지 않았을까

문득 그런 생각을 해봐...

1. 설화, 雪花

역설

삶의 아이러니는 여기에 있다. 가장 행복했던 순간
들이, 가장 빛나던 기억들이, 어느새 가장 큰 상처
로 돌아온다는 것. 우리가 마음을 다해 사랑했던
것들, 웃음 지었던 순간들이 시간이 지나면 아픔의
원천이 되는 것은 그만큼 그것들이 우리에게 소중
했기 때문일 것이다. 행복은 언제나 그 자체로 끝
나지 않고, 지나간 자리에는 아쉬움과 그리움이 남
는다.

한때 나를 웃게 했던 일들이 이제는 나를 울게 만
들 때가 있다. 함께했던 소소한 일상, 따뜻했던 말
들, 가슴 벅차게 설레던 순간들이 어느새 깊은 상
처로 자리 잡고, 그때의 행복이 지금은 도리어 아

픔이 되어버린다. 왜일까? 어쩌면 그 기억들이 여전히 내 마음에 강렬하게 남아있기 때문일 것이다. 우리가 그토록 행복했던 순간들은 그만큼 우리를 깊이 울리기도 한다.

행복과 아픔은 동전의 양면처럼 붙어 있는지도 모른다. 한쪽 면이 빛나고 있을 때, 다른 한쪽 면은 보이지 않지만 언제든 드러날 준비를 하고 있다. 그리고 시간이 흐르면, 우리는 그 이면을 마주하게 된다. 사랑했던 사람과의 추억은 떠나간 뒤에 더 큰 그리움이 되고, 즐거웠던 순간은 이제 더 이상 돌아올 수 없기에 아프다. 결국, 우리를 가장 행복하게 했던 것들이 가장 큰 상처가 되는 이유는, 그것들이 다시는 돌아오지 않기 때문이다.

그러나 이 아픔 속에서도 우리가 배울 수 있는 것이 있다. 행복했던 기억들이 아픔으로 변하는 그 과정에서, 우리는 비로소 삶의 깊이를 깨닫는다. 그 순간들은 단순히 지나간 것이 아니라, 우리의 마음에 깊은 자국을 남겼고, 그 자국이 지금의 나를 만들었다. 행복이 곧 아픔이 된다는 이 역설 속에서, 우리는 더 성숙해지고, 더 깊은 사랑과 감정을 이해하게 된다.

우리가 사랑했던 것들이 사라지고, 그로 인해 아프더라도 그 순간의 행복이 없었다면 우리는 지금과 같은 나를 만들 수 없었을 것이다. 행복은 결국 아픔으로 변하지만, 그 아픔조차도 우리를 성장시키는 하나의 과정일 뿐이다. 가장 큰 아픔을 준 것들이 한때 가장 행복했던 것들이라는 사실은 우리에게 한 가지를 가르쳐준다. 그 순간들이 그만큼 가치 있었고, 그래서 우리는 그 기억을 감사히 간직해야 한다는 것.

미련이라는 추억

미련은 흔히 부정적인 감정으로 여겨진다. 다 끝난 관계나 상황에 집착하는 마음, 더 이상 돌이킬 수 없는 것을 놓지 못하는 감정이라고 말이다. 하지만, 미련이 항상 나쁜 것일까? 나는 그렇지 않다고 생각한다. 미련을 느끼는 것, 그 감정에 잠시 머무는 것은 어쩌면 당연한 일이다. 우리가 중요하게 여겼던 것들이 쉽게 사라지지 않는 건, 그만큼 진심으로 마음을 쏟았기 때문이니까.

미련은 때로 무언가를 놓아야 할 때 느끼는 저항의 일종이다. 그저 흘려보내기에는 너무 소중했던 순간들, 쉽게 지워지지 않는 기억들, 그런 것들에 우리는 미련을 남긴다. 어쩌면 미련이란 그 자체로 우리의 마음을 보호하려는 본능일지도 모른다. 아무렇지 않은 척 쉽게 돌아서지 못하는 이유는, 그 시간들이 진심으로 나에게 중요했음을 인정하는 과정이기 때문이다.

오히려 미련을 느끼지 못하고 서둘러 앞만 보려 했다면, 그 뒤에 오는 공허함이 더 클 것이다. 미련은 아프지만, 그 아픔 속에서 우리는 그 시간들의 가치를 다시 한번 되새긴다. 미련을 거부하고 애써 외면하는 것이 더 큰 상처를 남기지 않을까? 끝까지 그 미련을 마음속에서 다 꺼내어보고, 그 무게를 충분히 느끼는 것이 필요할 때도 있다. 마치 마지막 작별을 고하는 것처럼 말이다.

사람들은 미련에 매달리는 것이 약하다고 생각할지도 모른다. 하지만 나는 미련에 솔직해지는 것이 용기라고 생각한다. 마음을 정리할 시간을 가지지 못하고 억지로 앞만 보려 하다 보면, 그 감정은 나

를 더 깊이 잠식할 수 있다. 결국 미련이 나쁜 것이
아니라, 그 미련을 충분히 받아들이지 못한 내가
더 아픈 것이다. 미련 없이 깔끔하게 끝내려 했던
내가, 사실은 더 불완전했던 것이다.

그러니 미련을 느낄 때는 그 감정에 잠시 머물러도
괜찮다. 그 미련 속에 숨겨진 내 마음을 충분히 들
여다보고, 그 시간을 온전히 보내는 것이 더 건강
한 마무리일 것이다. 미련을 남겼다는 것은 그만큼
진심이 있었다는 증거이니, 그 감정을 서두르지 말
고 천천히 정리해도 된다. 미련은 나쁜 것이 아니
라, 그 아픔을 통해 나를 성장하게 하는 한 부분일
뿐이니까.

사라지고 남겨지는 것들

고택의 노인은 곶감을 말리고
과수원에는 사과가 풍작이다

마을을 지지하는 느티나무 아래
조잘대는 아이들 소리

깨끗한 물만큼 맑은 사람들이
자연 그대로의 숨을 쉰다

백 년의 세월을 뒤로하고
민낯이 드러난 옛터
흙먼지 날리는 바닥에 앉아 눈을 감으면

어머니의 어머니로부터 전해 내려온

오래된 이야기가 나를 찾아온다

너를 그리며

한 아이가 말한다
_우리 엄마, 최고야

한 소녀가 말한다
_내가 알아서 할게

한 여자가 말한다
_하고 싶은 것이 너무 많아

한 엄마가 말한다
_시간이 너무 빨리 가

나는 말한다
"지나간 시절의 모든 내가 그리워."

기억할 수 있다면

잊어버린 걸까
나에게 추억은

눈이 소복이 쌓였던 어떤 날처럼
눈에 보이지 않을 만큼

기억을 쌓아두고 기록했던 나날들

순간 고장이 난 것일까
언젠가부터 아무것도 기억하지 못했다.

추억이란 다시 떠올려도 그리운 것이기에

지금, 이 순간

그리웠던 그 추억으로 돌아갈 수 있다면

그때의 내 모습을 기억할 수 있을까?

첫눈이 모여 추억이 되었다

달고나

그 찢어진 결에
파도는 다만 들어 있다

무얼 말하고파 바다는
파도를 우물거리고는
끝내 말하지 않고
흑연 같은 나뭇가지를 뱉는다

그 뾰족한 가시를 주워
백사장에 이름을 긋는 사람이 있어

모서리에서 모서리가 터지면
더는 돌아올 수 없는
추억의 묘가 있지

사랑이 남기고 간 자리엔
우리는 어떤 조문을 그어야 하나

사람이 모서리를 두려워하는 건
자국이 남기 때문
거기에 떨어져 딱딱히 쌓이는
먹먹한 부스러기가 있기 때문

나는 넘어지면
너의 모양으로 부서질 거야
이 플 때마다
보고 싶은 사람을 새겨 넣었으니까

행복과 불행을 저울에 달면
저울이 고장이 났다며 거짓말해야 해

'그때' '요즘' '나중' 중에 뭐가 좋아?
'어제' '오늘' '내일' 중에 뭐가 좋아?
'아까' '지금' '이따' 중에 뭐가 좋아?

그때가 좋았는데 말이야
내일은 더 낫겠지?
지금 내가 무얼 하고 있어야
행복하다 할 수 있을까

소금밭에 새우처럼 누운 사람이
임종 말고 다른 걸 기다린다면
그건 꿈일까
한일까

우는 법을 모른다면
사람은 좀 더
솔직해질 거야

사랑하려는 마음으로
사랑받고 싶다고
발밑에 그을 수 있을 거야

돌이키기 힘든 추억

어릴때부터 가지고 온

여러가지의 추억

그 추억을 돌이키기는 힘든 추억이지만

옛 추억을 떠올리며

하루하루 버티다보면

또 새로운 추어이 생기겠지

그 추억 또한 세월이 갈수록

잊혀질테지만 추억 쌓을 수 있을 때

많이 쌓아놓는 게 좋을 거 같다.

추억의 형상

고단한 현실을 살아가기 위해서
사람들은 즐거웠던 추억을
간직한 채 나날을 살아간다
주머니에 넣어두었다가
꺼내 먹는 사탕처럼
힘든 일이 생기거나
괴로운 시기가 왔을 때마다
꺼내서 그 당시를 생각하며
위로를 받기도 하고
마음을 다시 정리하기도 한다

추억의 조각들이 모여서
같이 시간을 보낸 사람들의

흔적들이 내 안에 남아있지만
유독 바람이 심하게 부는 날이면
같이 날아가 버릴 것만 같아
그러면 안 된다며 가서 붙잡는다
내 삶의 일부였던 것들을.

첫눈이 모여 추억이 되었다

지나간 버스

내 청춘의 반을
당신과 나란히 앉아
사계절을 거닐고
벚꽃이 두 번 지고

우리라는 꽃도
낙화의 계절에
다다르더니

이내 지나쳤던
이별의 정류장을 위해
작심한 벨을
누르고야 말았다.

내리는 찰나가
영원의 아픔이
될 거라는 건
생각하지도 못한 채
털썩 주저앉아

이젠 다시 오지 않을
지나간 버스를
나는 하염없이
기다리곤 한다.

첫눈이 모여 추억이 되었다

회상

옛 시절 생각하면
마음속에 벅차오르는
그리움이 생긴다

낡은 책들을 읽는 것처럼
어린 날의 동심은 추억의
책갈피이다.

지금의 내 모습이
한낱 청춘이라 할지라도
순수함을 가졌던 그때가 그립다

희망의 파랑새

언젠가 힘껏 날아오르는
마음으로 힘들어도 대차게
살아가려는 나인데

파란 하늘 닮은 듯한
푸른 새 내게 다가와 희망을
속삭여주면 좋겠네

가슴 아픈 시련들이
추억 속에 잊혀지지 않는데도
파랑새 날아와 희망의 봄날 찾게
해주면 좋겠네

추억

까마귀가 한을 가진 듯
내 마음속에 커다란 병을
키우고 살았다네

삭힌 늑대의 울음소리가
밤하늘의 달을 보면 계속해서
울고 싶듯이 짓누르는 삶을 감당했네

영원히 지속될 줄 알았던
나의 가냘픈 기억들이 이제는
한낮 추억으로 남는다네

이젠

함께 걸었던 그 거리,
같이 웃으며 머물던 식당,
속삭이듯 나누던 그 이야기들.
이제는 더 이상 '우리'가 아닌
홀로 남아 돌아본다.

그리워하는 너,
떠올리며 살아가는 나.
봄이 지나 여름이 오고,
가을을 지나 겨울이 오듯
시간은 흘러가고,
기억 속의 우리는
이젠 그저 홀로 남겠지.

두 글자로는 부족하지만
모든 것을 담을 수 없지만,
그나마 표현할 수 있는 말이 있다면
'추억'아닐까……

그래도,
그때만큼은 분명 행복했다고.
이제 너를 떠올리며 그리는 일도
아마, 이젠 추억이라 부르게 될 테지……

따스한 두 글자

'추억', 마음을 따뜻하게 덮어주는 두 글자.
오늘을 살아내고, 내일을 맞이할 수 있는 힘.
지난 시간을 돌아보고,
한 번 더 곱씹으며 오늘도 그 온기를 느껴본다.

어쩌면 많이 미화된 것일지도 모르지,
하지만 그럼에도 불구하고
그 따스함은 변함없이 스며든다.

되돌릴 수 없고,
손에 잡히지 않지만,
여전히 가슴에 남아있는 두 글자.

오늘도 그 두 글자와 함께
한 걸음, 두 걸음
내일을 향해
따스함을 품고 나아간다.

꽃으로 지고 하늘로 핀 그대에게

너보다 예쁜 꽃은 없었다

하늘이 답을 정해주지 않아
일찍 져버린 것일까

세상을
밝게 물들이던 얼굴에
밤보다 어두운 그림자 소리 없이 그늘져 있다

바람 잘 날 없던 삶
비록 이름만 남기고 가버린 그대지만

나는 그대 향기를 기억한다

계절 추억

절기의 온도에 온당했던 우리

밉도록 싫어지는 여름이더라
검게 불살랐던 사랑이었기에

그리워지는 겨울이더라
둘러맨 목도리 하나에 포개져
한껏 예민하던 살결이

모닥불

배낭 하나 메고 홀로 떠난 길
어둑해진 야영지에 앉아
모닥불을 피운다

별빛 가득한 밤바람에
요슬이 반짝였던 오늘을 떠올린다
소중한 기억들이 모닥불을 지핀다

행복했던 오늘이 별이 된다면
내일도 행복할까
작은 불티가 북두칠성이 되길 소망한다

추억 소리 타닥이는 밤

모든 순간 함께한

당신이란 모닥불에 기대 잠든다

어느 하루의 타임라인

휴대폰에서 울린 알람 소리
스쳐 가는 사진들에 다짐한다
그곳으로 가자

파란 하늘 화창한 날에 떠났는데
걸음마다 물결이 이는 것은   까
보이지 않는 파문이 아름답다

그날 걸었던 길을 달라진 내가 걷는다
모든 것이 같은데 아무것도 같지 않다는 것에
그리움을 느낀다

시간으로 부르는 허밍

그날의 행복을 가진 내가

오늘의 행복을 가질 나를 노래한다

링거

심상을 두드리는 작은 방울
그것은 어느 날의 기억
우리로서 오롯이 행복했던 그날의 시간
너와 나는 서로에게 기대며 웃고 있었다

누군가의 시기에도 당당했던
서로의 별빛에 더 기뻐했던
언제나 곁에 함께였던
우리는 행복했다

너의 차가운 손을 두 손으로 모아 잡고
고개를 너의 가슴팍 위에 올려놓는다
귀를 때릴 듯한 심박 소리
나는 기다린다 우리의 내일을

가끔씩 추억할 테지

일상이던 시절은 모른다
언제나 반복될 듯해 행복함을
언제나 곁에 있을 듯해 소중함을 모른다
그게 행복이였단 걸 소중했단 걸
난 몰랐다

시간이 지나 그립다 울어봐도
난 새로운 행복을 찾아야 할 테고
그리워하며 아쉬워하며
새로운 행복 속에서
가끔씩 추억할 테지

내 세상

내가 초등학교 때 신발이 없어져서 실내화를 신고 집에 가야만 했던 적이 있다. 엄마에게 전화해서 데리러 오라고 했지만 일을 하던 엄마는 당연히 올 수 없었고 나는 학교 앞에서 울고불고 난리가 났다. 결국 친구 엄마가 날 데리러 와주었고 아마 그 때부터 난 예사롭지 않은 딸이었던 것 같다. 예를 들면 집에 있는 책을 마트에서 보고 내 책을 가지고 갈 거라며 바닥에 드러누워서 떼를 썼던 일이나 처음 보는 스테이플러가 신기하다고 손톱을 집어 버린 일이나…. 아무튼 난 지극히 이상하고 독특한 아이였다.

지금 되짚어보면 그때가 내 세상이 가장 다채로운

색으로 가득했던 시기였던 것 같다. 이후로는 머리가 자라면서 꽤 단조로운 사람이 되었고 그렇게 당연했던 게 이제는 당연하지 않은 삶을 살아가고 있다. 사람은 가지치기를 통해 특별한 색 몇 개만 남겨두고 자랐다고 생각하는데 요즘 난 드물게 잃어버린 가지들이 그리워지곤 한다. 저마다 다른 가지를 가진 사람들과 세상을 살아보니 나에게도 저 가지가 남아 있었다면 혹은 나에게도 이 가지가 없었다면 하는 마음이 드는 게 욕심인 줄 알면서도 한 번 자란 마음은 줄지를 않는다.

평소와 같이 기록하고 있던 날, 문득 그런 생각이 들었다. 남의 가지는 하나부터 열까지 다 알고 있는 것 같은데… 막상 내게 남겨진 가지는 모르는 것 같다고. 돌아보면 한때 내 세상을 가득 채웠던 사람들은 언젠가부터 보이지 않아 이제 이름조차 기억 안 나는 사이가 되었고 취미를 가져보라는 말에 시작했던 여러 가지 취미도 이 기록 말고는 남은 게 없다. 반면에 그리 노력하지 않았던 카페 일은 눈 감고도 할 만큼 익숙해졌고 누군가와 관계를 유지하려고 애쓰지 않아도 언제든 일상을 나눌 수 있는 사람이 남겨졌다.

여전히 내 세상은 예상대로 흘러가는 게 아무것도 없지만 남아있는 가지와 자라날 가능성이 있는 가지로 가득 채워져 있다. 그리고 저마다 갖고 싶은 가지와 쳐버리고 싶은 가지를 마음속에 갖고 살아간다. 이후에도 내 세상에서 크게 달라지는 건 없겠지만, 어느 밤 내 마음이 크게 요동치는 그 밤에 초라한 위로가 되길 바라본다.

오리온

오리온은
추억이다

은하수를 여행하는 히치하이커를 위한 안내서
조금 긴 제목이지만
이 책을 읽던 시간을 추억한다
이 책에서 만났던 베텔게우스를 기억한다

베텔게우스 별에서 지구로 내려온 포드
외계인이 만난 지구인 아서
그들의 모험을 다시 추억해 본다

오리온은 그렇게

이 지상에 발붙이고 서 있는 동안
저 하늘에 떠 있으면서
먼 곳까지 데려다주는
추억의 함선이다

강빛마을에서의 오리온은
훨씬 더 선명하고
베텔게우스 역시 더 밝고 선명하다

오리온자리 가운데 있다는 성운까지
보일 정도로 맑고 깨끗한 강빛마을에서
오리온은 여전히 추억으로 다가온다

첫눈이 모여 추억이 되었다

어제의 추억은 오늘을
살아가는 원동력이다

추억은 시간이 지나면서 더욱 깊어지고, 그 안에
담긴 감정은 마치 오래된 향수처럼 마음속에서 잔
잔히 퍼져나갑니다. 사람들은 흔히 추억을 과거에
속한 것으로 생각하지만, 사실 추억은 지금, 이 순
간에도 우리와 함께하며, 과거와 현재를 이어주는
다리 역할을 합니다. 서랍 속에 깊이 숨겨둔 사진
한 장, 문득 들려오는 옛 노래 한 곡이 추억을 떠올
리게 만드는 순간, 우리는 그 시절로 돌아가게 됩
니다. 그리운 얼굴들, 손끝에 닿던 감촉, 마음속에
새겨졌던 그날의 장면들이 다시금 눈앞에 생생하
게 펼쳐집니다.

추억 속 시간은 언제나 따뜻합니다. 아마도 그 순
간을 기억하는 우리가 그리움을 담아 추억을 떠올

리기 때문일 것입니다. 힘들었던 시절도 시간이 지나면 기억 속에서 부드럽게 가공되고, 남은 것은 결국 사랑과 아련한 감정입니다. 어린 시절, 친구들과 뛰놀던 여름날의 들판은 이제 없지만, 그곳에서 들리던 웃음소리와 풀 냄새는 여전히 마음속에 남아 있습니다. 그때의 나는 지금보다 더 작은 키와 맑은 눈을 가지고 있었지만, 그 시절의 기쁨과 자유로움은 시간이 흐를수록 더욱 선명해집니다.

추억은 사람과 사람 사이를 이어주는 특별한 끈이기도 합니다. 때로는 오래된 친구와 함께 나누는 한마디의 대화가 오래 시간 동안 이어지지 않았던 우정을 다시 불타오르게 합니다. 함께한 시간이 쌓인 사람들과의 추억은 말하지 않아도 통하는 깊은 이해를 만들어 냅니다. 오래된 친구와 마주 앉아 한참을 말없이 웃으며 기억을 공유하는 순간, 우리는 그 시절로 돌아가 다시금 젊은 자신을 만나게 됩니다.

그러나 추억은 단순히 행복한 기억만을 남기지는

않습니다. 때로는 떠나간 사람들에 대한 그리움과 함께 아픈 상처가 되기도 합니다. 잃어버린 시간과 함께 사라져 버린 인연들을 생각할 때면 마음 한구석이 먹먹해지곤 합니다. 그리운 얼굴들은 더 이상 우리의 곁에 없지만, 그들이 남긴 흔적들은 여전히 우리 마음속에 자리 잡고 있습니다. 그래서 우리는 추억 속에서 그들을 다시 만납니다. 그들과 함께했던 시간을 기억함으로써 그들의 존재는 비록 지금은 없더라도 여전히 우리 삶의 일부로 남아 있게 됩니다.

추억이란, 단순히 지나간 시간이 아니라 그 안에 담긴 감정과 기억이 우리를 지금의 우리로 만드는 중요한 요소입니다. 우리는 추억 속에서 위로를 얻고, 그 기억을 통해 자신의 정체성을 발견합니다. 과거의 나와 지금의 내가 마주하는 순간, 우리는 성장해 왔음을 느낍니다. 때로는 그 시절로 돌아가고 싶다는 생각에 잠기기도 하지만, 그런데도 그 추억들이 있었기에 지금의 우리가 존재한다는 사실을 깨닫게 됩니다.

추억은 마치 오래된 책장에 꽂혀 있는 책과도 같습니다. 그 안에는 수많은 이야기와 감정이 담겨 있고, 우리는 언제든 그 책을 꺼내 다시 읽을 수 있습니다. 책장을 넘길 때마다 우리는 새로운 시선으로 과거를 바라보게 되고, 그때는 미처 알지 못했던 소중한 순간들을 새롭게 발견하게 됩니다. 비록 그 시절로 돌아갈 수는 없지만, 그 순간을 다시 떠올리며 우리는 그때 느꼈던 감정들을 지금, 이 순간에도 살아 있게 할 수 있습니다.

추억은 이렇게 우리의 마음을 따뜻하게 하고, 때로는 아련한 그리움을 불러일으킵니다. 그리운 시간과 사람들, 그리고 그 순간들을 기억하는 우리는 추억을 통해 지금의 삶을 더욱 깊이 있게 살아가게 됩니다. 추억 속에서 우리는 여전히 살아 숨을 쉬는 과거와 함께, 앞으로 나아갈 힘을 얻습니다.

추억의 서정, 그 아련한 시간 속에서 살다 보면 문

득 가슴속 깊은 곳에서 아련한 기억이 떠오를 때가 있습니다. 시간은 흘러가지만, 그 기억은 마치 오래된 책 속의 한 페이지처럼 그대로 남아 있습니다. 바람에 스치는 향기, 어느 날 불쑥 들려오는 옛 노래 한 곡, 혹은 손끝에 닿는 물건 하나가 잠들어 있던 기억을 깨우고, 우리는 다시금 그 시간 속으로 돌아갑니다. 추억이란 그렇게 예고 없이 찾아오는 손님 같습니다. 삶의 어느 순간, 갑자기 우리 곁에 머물러 과거로 우리를 데려가곤 합니다.

추억은 시간이 지나면서 그 가치가 더 깊어지는 보물입니다. 어린 시절, 우리는 지금과는 다른 시선으로 세상을 바라봤습니다. 그때는 무언가를 깊이 생각하거나, 그 순간을 오래도록 간직하려고 애쓰지 않았습니다. 모든 것이 그냥 흘러가는 대로 두었고, 시간이 지나면 잊힐 것이라고 믿었죠. 그러나 시간이 흘러 어른이 된 우리는 깨닫습니다. 그때의 그 순간들이 얼마나 소중했는지를 말입니다. 지금은 볼 수 없고 다시는 느낄 수 없는 그 시간이, 비록 사라졌지만, 우리 마음속에서 영원히 남아 있다는 것을 알게 됩니다.

추억 속에서 가장 선명한 것은 역시 사람들입니다. 어린 시절 함께 놀던 친구들, 가족들과 따뜻한 식사 시간, 첫사랑의 설렘과 같은 소중한 인연들이 그 추억 속에서 살아납니다. 나는 때때로 학창 시절의 친구들을 떠올리곤 합니다. 수업이 끝난 후 학교 운동장에서 함께 뛰놀던 기억, 시험을 앞두고 밤늦게까지 공부했던 날들, 그리고 소소한 일에도 함께 웃고 울던 그 시간. 우리는 그때 아무 생각 없이 하루하루를 보내며, 지금의 이 순간들이 언젠가는 추억이 될 것이라는 사실을 전혀 몰랐습니다. 하지만 그 시절이 지나고 나서야 그 시간이 얼마나 소중했는지를 깨닫게 됩니다. 그래서 지금도 가끔 친구들과 만나 그때의 이야기를 나누면, 우리는 다시 그 시절로 돌아가 웃음 속에 잠기곤 합니다.

가족과의 추억은 조금 더 따뜻하게 다가옵니다. 나는 어릴 적 부모님과 함께했던 여행을 자주 떠올립니다. 차를 타고 멀리 떠난 여행보다는 집 근처 공원에서 가족들과 함께 산책했던 기억이 더 선명하게 남아 있습니다. 그때는 공원의 나무나 꽃, 그리고 놀이터가 세상에서 가장 큰 모험이었습니다. 부모님의 손을 꼭 잡고 걷던 그 길은 마치 세상 어디든 갈 수 있을 것만 같은 기분을 들게 했습니다. 부모님의 따뜻한 미소와 손길, 그 속에서 느꼈던 안정감은 시간이 지나도 여전히 내 마음속에 남아 있습니다. 이제는 나도 어른이 되었고, 그 시절로 돌아갈 수 없지만, 그 순간들이 나를 지탱해 주는 중요한 추억으로 남아 있는 것이죠.

추억은 또한 사랑과 그리움의 기억이기도 합니다. 첫사랑을 떠올릴 때마다 그때의 설렘과 함께 아련한 그리움이 밀려옵니다. 우리는 누구나 한 번쯤 사랑에 빠지고, 그 사랑을 통해 성장하게 됩니다. 첫사랑의 기억은 절대로 잊히지 않습니다. 그 사람과 함께 걸었던 길, 나누었던 대화, 그리고 작은 손길 하나까지도 시간이 흐를수록 더욱 선명하게 다가옵니다. 비록 그 사랑이 끝났을지라도, 그 사랑 속에서 우리는 행복을 느꼈고, 때로는 아픔을 통해 자신을 더 깊이 이해하게 되었습니다. 첫사랑의 추억은 우리에게 순수함과 설렘을 선사하며, 그 순간의 기억들은 평생을 두고 우리 마음속에 따뜻하게 남아 있게 됩니다.

그러나 추억은 언제나 행복한 기억만으로 이루어지지는 않습니다. 추억 속에는 상처와 아픔, 그리고 헤어짐의 순간들도 있습니다. 우리는 때로 사랑하는 사람들을 잃고, 그들과 함께했던 시간을 그리워히며 눈물을 흘리기도 합니다. 하지만 그 아픔조차도 시간이 지나면 추억 일부로 자리 잡습니다. 그들과 함께했던 시간이 비록 다시 돌아오지는 않지만, 그들은 여전히 우리의 추억 속에서 살아 숨 쉬고 있습니다. 우리는 그 기억 속에서 그들과 다시 만나며, 그들의 존재가 여전히 우리 삶 속에 있음을 느끼게 됩니다.

추억은 또한 우리의 삶의 방향을 결정짓는 중요한

요소입니다. 우리는 과거의 기억 속에서 실수를 배우고, 다시는 반복하지 않기 위해 노력합니다. 또한, 행복했던 순간들을 떠올리며 앞으로 더 나은 삶을 살기 위한 동기부여를 얻기도 합니다. 추억 속에서 우리는 과거의 나와 대화하며, 현재의 나를 돌아보게 됩니다. 그 시절에 꿈꾸었던 것들은 지금의 나에게 어떤 영향을 미쳤는지, 그리고 앞으로 나아가야 할 길은 무엇인지를 추억 속에서 찾을 수 있습니다.

추억이란 참 묘한 것입니다. 시간이 지나면서 그 의미가 점점 깊어지고, 우리는 추억 속에서 새로운 가치를 발견하게 됩니다. 어린 시절에는 그저 사소한 일로 여겼던 것들이, 지금의 우리는 그 속에서 커다란 감동과 깨달음을 얻게 됩니다. 추억은 단순히 과거에 머무는 것이 아니라, 현재와 미래를 살아가는 데에도 중요한 역할을 합니다. 추억 속에서 우리는 더 나은 사람이 되기 위한 힘을 얻고, 그 기억을 통해 오늘을 더욱 소중하게 살아갈 수 있게 됩니다.

마지막으로, 추억은 시간이 흘러도 절대 사라지지 않는다는 점에서 큰 위로를 줍니다. 삶의 여러 순간이 지나가고, 우리는 때로 그것들이 사라졌다고 느낄 수 있지만, 사실 그 모든 순간은 우리 마음속에 고스란히 남아 있습니다. 눈을 감고 조용히 그 기억을 떠올리면, 우리는 다시 그 순간으로 돌아가고, 그때의 감정들을 고스란히 느낄 수 있습니다. 추억은 영원히 우리와 함께하며, 우리가 누구인지를 증명하는 가장 소중한 자산입니다.

결국, 추억은 우리 삶의 일부로서, 그 순간들을 돌아보고, 현재의 나를 더 깊이 이해하며, 앞으로 나아갈 방향을 제시해 줍니다. 추억 속에서 우리는 과거의 나와 대화하고, 그 시절을 통해 현재를 살아가는 힘을 얻게 됩니다. 오늘의 우리는 그 추억들의 총합으로 이루어져 있으며, 그 속에서 우리는 여전히 그 순간들과 함께 살아가고 있습니다. 오늘 책이 있는 거리를 내가 사는 동네에서 열었다. 유명 작가분들이 오셔서 북토크와 사인회를 하고 다양한 행사 부스에서 볼거리와 이벤트들이 열렸다. 책을 교환할 수 있는 티켓을 나눠주면서 고를 수 있는 부스였다. 많은 책을 좋아하는 이들로 인해서 인산인해를 이루었다. 줄이 좀처럼 줄지 않았다. 좋은 책들은 다 가져가면 어떻게 하나 하면서 발을 동동 구르고 있을 때 내 차례가 되었다. 나는 잽싸게 들어가서 내가 가지고 갈 만한 책들이 있는지 눈으로 스캔하였다. 다 오래된 책들이었다. 개중에 몇 권의 책들이 눈에 들어왔다. 세 권의 일반 서적과 어린이 서적 세 권을 골랐다. 월트 디즈니 어린이 동화책이었다. 그 책들의 표지를 보면서 과거 유년 시절로 돌아가는 느낌이 들었다. 미녀와 야수 신데렐라 라푼젤 인어공주를 보면서 자랐던 나의 시간이 떠올랐다. 어린 시절 일요일마다 월트 디즈니 만화 동산이라는 TV 프로그램을 보면서 자랐다. 졸린 눈을 비비면서 그 프로그램의 본방송을 사수하기 위해서 아침 알람을 설정하고 일어났던 기억이 난다. 동화책을 고르면서 그동안 글씨들로 빽빽했던 자기계발서에서 벗어나서 글밥이 적은 동화책을 그림과 보면서 조금 쉬어가고 싶다는 생각이 들었다. 가끔 이런 책들로 동심의 세계로 돌아가서 창의력과 영감을 얻는 것도 도움이 된다고 생각한다. 사람들은 저마다의 추억이 있는 듯하다. 군대에서의 시간도 어떻게 보면 나에게는 추억이라고 생각한다. 철원이라는 특수한 장소에서 군 생활을 한 나는 전방에서 엄격한 내무군기 속에서 나름대로 제대로 된 군 생활을 했다고 생각한다. 적응하기 어려운 부분도 많았지만 나름 지금 생각해 보면 의미 있는 시간이었다고 생각한다. 그때는 그곳에서 탈출하고 집으로 가고 싶다는 마음만 굴뚝같았지만 지금 생각해 보면 그런 기억도 좋은 추억이 된다고 생각한다. 그 당시 부대에 있던 진중문고에서 만날 수 있었던 책들이 참 소중했던 것 같다. 신문을 읽고 싶어서 주임원사님 당번병과 친해져서 버리는 신문들을 부대 막사에 가지고 와서 조용히 혼자 읽던 기억이 난다. 그만큼 사회의 소식

들이 궁금했다. 세상과 단절된 군대 내에서 사회의
소식과 사람들이 그리웠다. 지금 생각해 보면 2년
2개월 짧은 시간이지만 그때는 왜 이리도 길게 느
껴졌는지 모르겠다. 지금은 나 기억의 한켠의 서랍
속에 간직하는 소중한 추억이 되어버렸다.

별의 기억

언젠가 말했지, 저 별에 기억을 남긴다고
별 하나하나가 사람 하나, 또 하나의 기억이라고

그것이 태어나서, 빛나며 아주 긴 시간을 거쳐
하나의 추억을 비추기 위해 오기까지

또 그것이, 긴 여행 끝에 마지막 작별을 고해도
짧고도 강렬하게 흩뿌린 그 빛은

그 한 조각이 어딘가에 남아 흐르다가
내 마음에, 네 밤하늘에 그 흔적을 남기고 간다

추억의 의미

사무치게 그리운 아픔이기도
눈부시게 아름다운 행복이기도

추억이란 그 단어도
모든 날이 선물이었음을.

눈의 소리

유난히

하얀 눈이 오던 날
눈 위를 같이 걷던
너의 주머니 속 꼭 잡은 내 손

하얀 눈 맞는 나를
사랑스럽게 바라봐 주던
그림 같았던 너와 나

너 없는
우리 그날의 눈은

감은 내 눈 위에
조용히 또다시 내리고

시간 따라 떠나간
우리의 모든 추억은

눈꽃으로 번져

눈이 내리는 소리는
마지막 안녕의 소리
우리의 계절이 가는 소리

고요히
마음에 간직하는 눈의 소리

너를 사랑한 추억은

내린 눈이
먼저 온 눈이 쌓이고
온 눈이 그 위를 덮고
그렇게 눈은 쌓인다

나의 마음도
너의 마음에 쌓이고
또 그 위를 덮고

우리 사이에 덮고 쌓인
사랑한 추억은
얼음 속에 갇힌 공기처럼
우리를 서로의
공간으로 초대한다

그 공간에
조용히 눈을 감고 느끼면
너의 마음이 나에게 녹아내려
네가 보내는 메시지를 듣는다

흐르는 공기 소리에
따스했던
너와의 추억은

한겨울 눈꽃 사이
녹지 않는 눈으로 남아있다

뒤늦은 후회

그대가 떠나기 전

우리에게 마지막 인사를 하듯

사랑하는 이들과 마지막 만찬을 하듯

힘든 몸을 간신히 부여잡으며

함께 시간을 보냈죠.

고마워요. 같이 해줘서

같이 있는 동안에도

우리들 생각밖에 없던 그대

매일매일 해주었던 행동들이

난 한숨과 짜증 섞인 말투로

그대에게 화를 냈죠.

미안해요. 아프게 해서

시간이 지나

그대의 시간이 되어보니

그대가 전하는 사랑이었던 것을

너무 늦게 알아버린 것이 아닌지

그리움과 미안함이

파도처럼 밀려와 그대가 주었던

추억과 사랑을 파도에 부딪혀

가슴속에 들어오고 있습니다.

그대의 모든 것들이 이젠 그립군요.

저 별들 중에도 당신의 별이 있겠죠.

저 별을 보며 오늘도 당신을 그리워합니다.

꽃향기 속에 너와 나

하나,둘 곳곳에 놓여 있는 너의 흔적

지워도...

비워도...

더 채워지고 있는 너와의 추억

프리지아 향기처럼

여운을 남기는 너의 향기

떨어지는 꽃잎이

시간이 지나 다시 꽃이 피듯이

머릿속에 피어나고 있는

너와 함께했던 추억 속 시간들

조금 전까지도 같이 있었던 듯

미소를 띠며 설레고 있는 나

너를 잊지 않으려

프리지어 향기에 취하려
너의 향기에 취하려 한다.
함께 했던 순간들이
놓기 싫은가 보다
바보처럼

추억이란 무엇일까요?

제목을 질문형으로 하니 이상하지요?
글 시작도 하기 전에 무슨 질문을 하는 걸까라는
생각이 들 겁니다

여러분은 추억이라고 하면 무엇이 떠오르십니까?
추억은 지나간 그게 몇 년이 되든 혹은 태어나서
지금 현재까지 살면서 지나온 시간이 있을 겁니다.
좋은 추억도 있겠지만 좋지 않은 추억도 분명 존재
한다는 거지요

나쁜 추억이라면 트라우마로 남는 것도 있을 것이
고 과거에 무언가를 목표를 했지만
이런저런 사정이 있어 그걸 이루지 못한 목표나 꿈

이 있을 겁니다.

전 오늘 지금 현재도 시간이 지나고 나면 하나의
추억으로 남을 겁니다
좋은 추억 나쁜 추억 이렇게 나누지 않더라도 지금
이 순간에 한 일이나 혹은 다른 취미이건
각자의 머릿속에 아주 머나먼 기억으로 남게 될 겁
니다.

비록 어제까지의 일이 과거이기도 하지만 그날의
시점으로 돌아가 본다면 단순히 과거의 추억이고
그 시점에서 생각하면 또 하나의 현재이지 않을까
싶습니다.

비록 며칠 전의 과거의 추억이겠지만 그래도 그 추
억을 한번 꺼내 보겠습니다

약 3~4개월 전이었습니다

한참 제가 살고 있는 구의 평생학습관의 수업을 수
강 신청을 하려고 했는데
홈페이지를 들어가니 수강 신청을 하려고 했지만
이미 마감인 과목들이 많았다.

어떻게 할까 고민을 하던 중에 다른 구에도 평생학
습관이 있었기 때문에
홈페이지를 접속하여 취미로 배워볼 만한 게 없나
하고 목록들을 보던 중에

인형극 수업이 눈에 들어왔다.

그리고 수강 신청을 하고 그리고 인형극 수업이 개
설이 되어 강의실을
찾아갔다.
집에서 거의 끝에서 끝이었기 때문에 대략 2시간

가까이 걸렸다

왕복하면 거의 4시간이지만 피곤하기는 해도 수업
은 들을만 했다.

처음에 인형을 들고 하는 수어 빈 갑 했지만 방향
은 수어 불 하며 너

바꾸어 나가기로 했다.

그림책을 인형극으로 바꾸기 위해서 인형극에 쓸
그림 동화책 중에서 골랐고

그 한 챕터를 보고 대본까지는 아니지만 자기 나라
의 생각으로 대본을 써내려 건다.

이 과정은 좀 어렵게 느껴지기도 했지만 그림책을
보고 대사를 만드는 게 쉽지는 않았다

그렇게 각자의 생각들이 모여서 대본 초안이 만들
어지고. 그리고 다음 단계이기

때문에 이제 공연에서 사용할 동물 탈로 할지 어쩔
지를 결정해야 했고

그리고 인형극에 출연할 동물들의 수와 어떤 방식으로 밟혀 회에 올릴 것인가?
하는 논의를 수업 시간마다 해 가기 시작했고,
코알라, 문어, 캥거루, 거북이 그리고 아이들 대상의 인형극이라
아이들의 이해를 도울 진행하는 분이 있어야 하는 방식으로 정했다.

이후 도서관 1층 강당에서 실제로 대사들을 말을 해보기도 하고 어떤 행동을 해야 할지 와
그리고 공연했을 때의 각각 배우들의 동선도 정해야 하는 부분들이 있었다.

그리고 이번 인형극을 통해서 발성과 호흡이 정말 중요했다

발성을 하기 이전에 배에서 힘을 주고 마이크가 없더라도 강당 전체가

울려야 하는 부분이 어려운 과정 있다.

배역 자체가 소리를 질러야 하는 역이다 보니 힘든 점이 없진않았다.

그리고 마지막 공연하기 전날 연습이 필요하다고 판단이 되어
같이 출연하시는 분들과 함께 연습을 해 보았다.

그리고 공연 당일에도 오전에 리허설해 보면서 조명과 음향
그리고 각 배우들의 음성을 맞이 보고했지만 실제 공연에 들어가면 잘 될까 하는 걱정을 했지만 시간은 얼마 없었기
때문에 이젠 무대 올라가면 되겠지라고 생각하고

공연은 시작했고 아이들이 들어와서 공연을 재미있게 관람을 해줘서

너무 고마웠다.

소리를 크게 질러야 하는 대사에서 잘 될까 했는데

막상 공연을 해보니 발성이 너무 잘 되고 있었다.

역시 사람은 적응의 동물인가 보다 몇 개월을 해도

잘되지 않은

부분이 공연에서는 잘 되고 배에 그렇게 힘을 주지

않았는데도

잘나가는 거 같았다.

진짜 꿈인가 생시인가 싶었다.

이런 경험을 해보고 너무 좋은 추억들을 만든 거

같습니다.

졸업

찢어져 날리는 다 쓴 교과서
텅 빈 책상 속과 사물함

잘 입지도 않던 교복을 차려입고
종종걸음으로 달려간 날

들뜬 얼굴로 강당에 모여
목이 터져라 부르던 청춘의 노래

책장 사이에 끼워 넣고 잊어버린
마지막이라는 이름 붙인 사진 한 장

그 시간으로 되돌아갈 수 있다고 해도
아마 그때만큼 뜨겁지는 못할 거야

낡은 다락방

어릴 적 크게만 보이던 다락방은
나 하나만 앉아 있어도 꽉 차고

낡은 가구 위 먼지 쌓인 추억은
후후 불 때마다 날아가네 바람을 따라

다락방이 장난감처럼 조그맣다면
손때가 묻었을 거야 분명히

엄마가 아끼던
할머니의 손거울처럼

작게 난 창문 사이로

비치던 하늘이 보고 싶을 때마다

두 손에 꼭 쥐고 만지작거렸을 테니

MP3

그 애의 MP3에서는 매일 같은 노래가 재생되었다
그 애는 지루하지 않냐는 친구들의 물음에

노래를 듣는 게 아니라 목소리를 듣는 거야

하고 다시 목소리를 듣는 것에만 집중했다
한 자리에 가만히 앉아서 해가 질 때까지

수없이 떠오르고 지는 햇살이 무거웠는지
낡아버린 벤치에 앉아 네가 듣던 노래를 더듬었다

그 애는 노래가 아닌 목소리를 들었고
나는 목소리를 듣는 그 애의 모습을 보았다

그 시절 네가 했던 말이 무슨 의미였는지
옆자리가 비어버린 후에야 깨달았다

추억

가을 추에
생각할 억으로

마음속 깊이
담아두련다

추억아, 가을이다

손톱 깎기

누군가를 담으면, 그의 뒷모습이 보인다. 뒤돌아서 걸어가는 그의 걸음이 조금씩 밟힌다. 아스팔트 가장자리에 아슬하게 박힌 발자국에 박자를 맞추게 된다. 점차 넓어진 보폭에 그제야 옅은 숨을 들인다. 그리고 그 사람을 더 생각하게 된다.

나는 그를 만나는 날이면 거울 앞에서 세 시간 동안 묻히고 닦으며 단장했다. 조금이라도 어울리는 색을 고르려고 얼마나 서성거렸는지 모른다. 급기야 안방의 옷장까지 열어 20년도 더 된 스카프까지 두르고 한참을 망설였다. 이 정도까지 해야 할 일인지 궁금할 때도 있었다. 그래도 그에게 잘 보이고 싶은 마음이 후회되지 않게 최선을 다했다. 날이 추워서인지, 오랜만에 꾸미는 게 신나는 건지 지하철 유리에 비친 내 모습을 괜히 바라보았다.

팔꿈치를 올릴 때마다 눅진한 소리가 묻어나는 탁자에는 그가 고른 캐모마일 그리고 그가 추천한 민트 티가 올려져 있었다. 나는 산뜻한 니트 소매에 숨은, 약지 뒤에 은근히 가려진 그의 손톱을 보았다. 일상을 이야기하면서도 주먹을 꼭 쥔 그의 모습에, 피식 웃음이 났다. 좀처럼 감이 안 잡히는 그를 보며 무언가의 단서를 찾아 헤맸다. 그는 직접 기른 토마토로 파스타 소스를 만들고, 한 끼에 밥 세 공기를 해치우는 능력자였다. 대학교 때는 스페인어를 공부하여 육 개월 동안 스페인에서 살았다. 그에게는 두 명의 형제가 있었고, 그 형제 중 한 명은 10년째 밴드에서 키보드를 맡고 있었다. 캐모마일의 향이 우리의 호흡을 채우는 사이, 그는 갓 구운 쿠키를 꺼낼 때 쓰는 장갑보다 더 큼직한 손을 꺼내어 머그 컵을 감쌌다. 탁구 라켓 같은 그의 손바닥에 달린 섬섬한 손가락이 어여뻤다. 말단의 하

첫눈이 모여 추억이 되었다

얀 경계가 고르고 마디만큼 단정한 손톱을 보며 그를 짐작했다.

그는 무엇도 새겨지지 않은 눈밭만큼이나 순수하고, 눈가에 머무르는 주름마저 온화했다. 그의 이름을 한 글자, 한 글자 묵상할 때면, 그의 삶에 녹아있는 견고한 무언가를 생각하게 된다. 그에게 삶이란 무엇일지, 무엇이 그를 울게 하는지 알아가고 싶게 만든다. 어느 날은, 점심으로 먹은 오믈렛이 맛있어서, 이 터무니없는 이유로 그에게 문자를 보내고 싶어졌다. 부드러운 오믈렛을 입에 넣고 주먹을 꼭 쥔 채로 꼭꼭 씹다 삼킬 그의 모습을 상상했다. 그는 아마 포슬포슬한 계란 위에 올라간 브로콜리를 포크로 가볍게 밀어내고 열심히 먹을 것이다. 그러다 반 정도 먹었을 때 콜라도 먹고 싶다고 할 것 같다. 얼음컵에 콜라를 따르는 그의 손과 가지런한 손톱을 떠올렸다.

그의 작은 손톱에 나의 새끼를 포개었을 때, 우리가 처음으로 약속 비슷한 것을 꿰었을 때, 그와 맞물린 새끼손가락에서 들뜨면서도 무거운 무게가 느껴졌다. 우리는 함께하는 시간이 늘어남에 따라 손톱도 같이 피워냈다. 나는 손톱의 성장을 종종 확인하면서도, 더 자라나지 않을 때면 온갖 동요를 그에게 쏟아냈다. 그는 나의 요청에 묵묵히 끄덕이면서도 빨라진 걸음을 숨기지 않았다. 하필 비가 많이 오던 날, 뒤돌아선 그의 어깨가 유독 떨리던 그때, 나는 그의 차가운 손끝을 바라볼 뿐 안아주지 못했다. 그를 위한다고 힘썼던 나의 궁리는, 그를 진정으로 돕지 못했다. 그가 침상에서 외로움에 등을 들썩이는 동안, 나는 그가 어떤 밤을 보내는지, 어떤 아침을 맞이하는지 추호도 상상하지 못했다. 나의 온갖 추측과 공상도 그를 온전히 그려내지 못했다. 그가 조금씩 손톱을 잘라내는 사이, 나는 우리의 손가락을 더욱 비틀어 쥐고 꼬았다.

그는 무정하게 잘라낸 엉성한 조각들을, 손으로 쓸어버리고는 벌떡 일어났다, 나는 울분을 품은 채 우리는 왜 서로에게 아픈 손가락이 될 수밖에 없는지를 생각했다. 그가 빠져나간 나의 손은 빈 조개껍데기처럼 건조했다. 실연은 그가 거침없이 쳐낸 손톱보다 더 모질게 생활에 침식되었다. 나는 깎을 만큼 깎아내고서도 밤이 되면 다시 자라나는 손톱에 고통을 느낀다. 이제는 새롭게 깎을 기회도, 아파할 실오라기조차 없다는 사실에 다시 한번 신음을 낸다. 손톱의 끝에는 뭐가 있을지, 그 뿌리까지 잘라내면 괜찮아질지, 만약 다시 자라면 또 아파할 자신은 있는지 등 수많은 허상 속에 더운 숨을 쉰다.

그와 만났던, 어울리지도 않는 스카프를 두르던 계절이 다가온다. 옅은 미소와 함께 씰룩거리는 그의 눈썹이 보고 싶다. 아담한 그의 손톱을 보며 예쁘다고 말해주고 싶다. 어떻게 하면 나도 그의 마음을 부지런히 따라갈 수 있을까. 그를 만났던 그곳에서, 젖은 캐모마일을 앞에 두고 이제는 잡을 수 없는 그에게 묻는다.

유원지에서

정할 곳을 원하는 시간이 늘었다
세상의 끝에 있지 않음에도
이제는 그럴 수 없기 때문일까

풍선을 쥐길 원했던 그때를
채우는 것은 풍선을 주는
현재, 그래서 더더욱 꿀 뿐이다

뽀드득 소리를 내며 돌아오는
그때 그 시절의 강아지에게로
방울을 품은 후프가 다가오자
현실 위로 떠오르는 멍- 멍-

흐려지다 언제 터질지 모를
방울을 향해 손을 내밀다가도
울음이 침전할 것만 같아
풍선 다발로 고개를 돌리는

손으로 아이에게 풍선을 주며
피지 않은 기억까지 쥐여준다
추억으로 올라갈 수 있을지를
볼 수 있기를 바라는 마음으로

친구

거친 비와 바람
수없이 몰아치는 폭풍
그사이 변하지 않는
그때 그곳

찬란한 시절의 풍경
아무 걱정도
아무 생각도
하지 않아도
즐거움이 가득했던 곳

지나가는 발걸음
하나하나 추억이 그득한 곳
오랜만에 보는 풍경 속
마주한 너와 나

지치고 멍든 채
무거운 어깨 위
거칠 것 없는 시간
다시 마주한 너
그대로 있는 너

과거와 현재를 오갈 수 있는
유일한 타임머신

아름다운 추억

아름다운 추억

내 안의 엘범을
보여 주면

이릴 때의 나의
모습이 보이니

그 모습을 보면
하나하나의 사진이
소중하리라

한 장마다 슬픔. 행복의
아름다움이 현재의
나에게 추억이 되리라

사진 한 장. 목소리는
정말 마음에 잠들리라

누군가에게 나에게
소중함을 주는 추억이라네

시간의 일분.일초가
정말 한 장면을 남겨주리라

포레스트 웨일 공동 작가

첫눈이 모여 추억이 되었다

초판 1쇄 발행 2024년 11월 08일
초판 1쇄 인쇄 2024년 11월 08일

지은이 꿈꾸는 쟁이 | 지은지 | 이재성 | 김원민 | 김채림(수풀) | 이은혜
조현민 | 시눈 | 광현 | 유서미 | 아루하 | 하진용(글쟁) | 숨이톡
사랑별 | 윤나영 | starlit w | 나문수 | 김유민 | 이상현 | 정오
한스 | 안정 | 윈터 | 문병열 | 박주원 | 삼육오이사 | 구달 | 안세진
김휘온 | 노기연 | 나라 | 최이서 | 일랑일랑 | 새벽(Dawn)
미소 | 윤현정 | 최영준 | 유선희 | 설화, 雪花 | 한민진 | 고태호
여운yeoun | 루다연 | 김준 | 이지아 | 박주은

디자인   포레스트 웨일
펴낸이   포레스트 웨일
펴낸곳   포레스트 웨일
출판등록   제2021-000014호
주소   충남 아산시 아산로 103-17
전자우편   forestwhalepublish@naver.com

전자책   979-11-93963-62-3
종이책   979-11-93963-64-7

작가님들과 함께 성장하는 출판사
포레스트 웨일입니다.
작가님들의 소중한 원고를 받고 있습니다.
forestwhalepublish@naver.com